http://www.bbulmedia.com

http://www.bbulmedia.com

Kerberos
켈베로스

Kerberos

7 켈베로스

BBULMEDIA FANTASY STORY

임준후 현대 판타지 장편 소설

목차

제1장	· 7
제2장	· 35
제3장	· 65
제4장	· 93
제5장	· 123
제6장	· 167
제7장	· 195
제8장	· 223
제9장	· 251
제10장	· 279

 앞을 막는 담이 나오면 그것을 뛰어넘고, 1, 2층짜리 단독 주택들은 지붕과 지붕을 건너뛰며 이혁은 쉬지 않고 질주했다.

 그를 중심으로 오백여 미터 반경은 여러 개의 그룹을 이룬 자들이 뱉어내는 억누른 가쁜 숨소리로 가득 찼다.

 빠르면서도 어둠의 그늘을 타고 뛰는 이혁을 추적하는 일은 쉽지 않았다. 혹독한 훈련과정을 거친 그들의 체력을 한계까지 몰아붙일 만큼 힘든 일이었다.

 이혁은 그들에게 차량을 이용해서 추적할 여유를 주지 않았다.

그는 200미터 이상 동일한 방향을 계속 유지하는 법이 없었다. 차량이 자유롭게 움직일 만한 길로 다니지도 않았다.

그를 놓치지 않기 위해서는 별수 없이 뛰어야 했다.

"저… 개새끼… 후욱… 후욱……."

적무린은 미친 듯이 달리면서 중얼거렸다.

중국어였지만 누가 듣더라도 지금 그의 심정이 어떤지 바로 알아차릴 수 있을 만큼 진득한 짜증이 주렁주렁 매달려 있는 말투였다.

"후욱… 오토바이라도… 후욱… 준비할 걸 그랬다. 후욱……."

옆에서 달리던 적운기가 같은 어조로 말을 받았다.

"그러게… 후욱… 말입니다. 후욱……."

고개를 작게 끄덕인 적무린이 거칠게 숨을 몰아쉬며 맞장구를 쳤다.

적운기가 이를 갈았다.

"으드득… 저 개자식을 잡으면 껍질부터… 후욱… 벗기고 시작하자. 후욱……."

"예… 후욱… 형님. 후욱……."

그들의 숨은 거칠었다. 그러나 땀을 많이 흘리지는 않았다. 아직 여유가 있는 것이다. 하지만 그들의 뒤에서 달리고 있는 이십여 부하의 사정은 달랐다.

그들의 얼굴은 누렇게 떠 있었고, 비 오듯이 흘리는 땀에 푹 젖은 몰골은 하나같이 절인 오이 같았다.

달린 거리는 2킬로미터 정도에 불과했다.

거리에 비해 그들이 보이는 피로도는 비정상이었다. 그러나 속사정을 알고 보면 이상할 것도 없었다.

그들은 이혁처럼 담을 타넘고 지붕을 건너뛸 수 없었다.

그럴 능력이 없지는 않았다. 하지만 그들은 이혁과 비슷한 속도를 유지하면서 기척을 숨길 수 있을 정도의 능력을 가진 자들이 아니었다.

이혁을 직선으로 쫓아 달렸다가는 온 동네 사람들이 모두 밖으로 뛰쳐나올 게 뻔했다.

그런 위험을 피하기 위해 그들은 이혁보다 배 이상 많은 거리를 움직여야 했고, 더 빨리 뛰어야 했다. 게다가 그들은 이혁을 시야에서 놓치지 않기 위해 긴장을 풀 수도 없었다.

이런 복합적인 사정은 그들에게 체력을 적절하게 안배할 수 있는 여유를 주지 않고 있었다.

"대단한데요, 저 친구!"

모용산은 깊게 숨을 들이마시며 감탄을 토했다. 단거리 경주선수처럼 전력으로 질주하는데도 목소리의 떨림이 거의 없는 말투였다.

"허억… 허억……."

장석주는 거칠게 숨을 몰아쉬며 작게 고개를 끄덕여 동의를 표했다.

그는 모용산처럼 말을 할 여유가 없었다.

'진혼'의 내부 사정상 그는 지난 수년 동안 조직 운영과 전투의 양쪽 파트를 모두 지휘해 왔다. 육체 수련에 집중적으로 투자할 시간적 여유는 없었기에 그는 총기류 훈련을 주로 해왔다. 순순한 육체적인 능력은 전문적인 훈련을 거친 자들에게 뒤떨어질 수밖에 없었다.

모용산이 장석주를 힐끗 돌아보며 싱긋 웃고는 말을 이었다.

"힘들긴 하지만 저 친구 덕분에 일이 한결 쉬워졌습니다."

말을 하는 와중에 모용산의 걸음이 조금씩 느려졌다.

그들은 조직원 중 가장 발이 빠른 두 명을 척후로 보

내 '앙천'의 적운기 일행을 뒤쫓게 했다.

척후들은 자신들의 역할을 충실히 수행하는 중이었는데 그들이 남긴 신호 간격이 좁아지고 있었다. 그건 적운기 일행이 속도를 줄였고 그로 인해 장석주 일행과 그들의 거리가 가까워지고 있다는 것을 의미했다.

아직 그들과 거리를 너무 좁힐 타이밍은 아니었다.

속도를 늦춰야 하는 것이다.

장석주의 걸음도 느려졌고, 덕분에 그는 모용산의 말에 대꾸할 수 있는 여유가 생겼다.

"우리… 후욱… 마음을… 아는 것… 후욱… 같습니다… 그럴 리는… 없지만… 후욱… 요."

두 사람과 한 몸이 되어 뛰고 있는 사람의 수는 대략 십여 명, 그러나 보다 범위를 확장해 대략 3킬로미터 이내에서 그들의 지시를 기다리고 있는 부하들의 수는 오십 명이 넘었다.

이 지역에서 가상 효과적으로 전력을 동원할 수 있는 조직은 국가공권력을 제외하면 국내에서 자생한 '진혼'이라 할 수 있었다.

'진혼'의 잠재력은 '혈해'의 소당주 모용산이 감탄할 만큼 탁월했다.

'앙천'의 후예들을 제거하기 위한, 역사상 최초의 '진혼'과 '혈해'의 합동작전이 진행되고 있는 것이다.

3층 빌라의 옥상에서 검은 그림자가 날다람쥐처럼 허공을 날아올랐다. 길게 사선을 그리며 지면으로 뛰어내린 검은 그림자, 이혁은 왼 손바닥으로 지면을 짚으며 땅을 한 바퀴 굴렀다. 발바닥을 타고 올라오려던 충격이 전신으로 흩어졌다.

빠르게 일어서던 그는 그대로 지면을 박차며 백 텀블링으로 공중제비를 두 바퀴 굴렀다. 직선의 공중돌기가 아니었다. 그는 회전하며 몸을 틀었다. 두 바퀴를 돌았을 때 그의 몸은 허공에서 30센티미터가량 우측으로 비틀어져 있었다.

그런 그의 발밑과 옆구리로 세 개의 시퍼런 검광이 밤하늘을 가로지르는 낙뢰처럼 스쳐 지나갔다.

땅에 발을 디디며 튕기듯 2미터를 물러나는 이혁의 눈빛이 삼엄해졌다.

검은색 트레이닝복을 입은 세 명의 삼십대 남자가 그를 가운데에 두고 포위하듯 둘러싸며 접근해 오고 있었다.

첫 칼질이 어긋난 것이 뜻밖인 듯 그들의 발놀림은 신중했다.

'사람을 죽일 줄 아는 놈들이다.'

검에 실린 기세만으로도 충분히 짐작이 갔다.

저들은 정신수양이나 시합을 위해 검을 배운 자들이 아니었다. 그리고 살인의 경험도 풍부했다.

그를 보는 눈에 담긴 진득한 살기, 그리고 일말의 망설임도 없이 급소를 베어오는 검의 궤적, 검끝에 배인 소름 끼치는 살의가 그것을 알려주고 있었다.

사내들은 한마디도 하지 않았다.

기합 소리마저 없었다.

살인과 검의 전문가라는 말이 어색하지 않은 자들이었다.

이혁의 눈 깊은 곳에 달무리처럼 은은한 살기가 떠올랐다.

서복만과 조징대를 제거하며 이미 버린 몸이다. 모든 일은 처음이 어렵지, 그 후는 익숙해지는 게 세상 돌아가는 이치다.

'칼을 들었으니 그 결과에 대한 책임도 질 각오가 되어 있으리라 믿는다.'

뒤로 접근하던 자가 지면을 박차며 이혁의 머리를 수직으로 내리찍어 왔다.

약속이라도 한 듯 좌우 사선 방향에 있던 자들도 검을 휘둘렀다. 한 명은 이혁의 허리를 수평으로 베고, 다른 한 명은 무릎을 내려 베었다.

쐐애애액―

그들의 검세는 무섭게 빨라서 검끝이 움직이자 휘파람과도 같은, 공기가 베어지는 날카로운 소리가 공터를 가득 채웠다.

이혁은 모았던 두 발의 앞끝으로 뿌리치듯 지면을 세차게 밀었다. 그의 몸이 허공으로 떠오르며 뒤에서 달려드는 자의 앞으로 30센티미터가량 밀려갔다. 동시에 그의 무릎이 가슴에 닿았다.

허리와 다리를 베어오던 자들의 칼은 간발의 차로 이혁의 몸을 스쳐 지나갔다.

그가 뛰어오른 각도는 기묘해서 뒤쪽에서 상단으로 머리를 쪼개오던 자의 칼을 잡은 손끝이 그의 뒷머리에 닿을 듯 가까워졌다. 당연히 칼날은 이혁의 머리 앞쪽으로 비켜갔다.

이혁은 자신의 무릎 아래를 스쳐 지나가는 칼의 면을

후려치듯 손끝으로 찍었다.

팅!

지나가는 칼면과 충돌한 그의 손끝은 미약한 회전력을 얻었다. 하지만 회전력이 그의 몸으로 전달되었을 때는 처음과 비교할 수 없을 만큼 강력해져 있었다. 그의 몸 전체를 허공중에서 비틀 수 있을 정도로.

180도로 몸을 비튼 그와 상단으로 그를 공격했던 자가 허공에서 마주 보았다.

이혁의 입가에 흰 선이 생겨났다.

그와 눈이 마주친, 검을 든 자의 전신에 전율과도 같은 소름이 돋았다.

그때 이혁의 드릴처럼 회전하는 무릎이 그자의 옆구리를 창처럼 찍었다.

콰작!

뼈가 으스러지는 기괴한 소리와 함께 무릎에 강타당한 자의 몸이 반으로 접히며 덤프에 충돌한 소형차처럼 반대쪽으로 튕겨 나갔다.

와당탕!

울컥울컥!

나뒹구는 자의 입에서 찢어진 내장 조각이 섞인 검붉

은 핏덩이가 쉴 새 없이 토해졌다.

그에게 공격당한 자가 튕겨 나가던 시점에 이혁은 다시 움직이고 있었다.

그의 손에는 이전까지 없던 것이 들려 있었다.

그것은 칼이었다.

무릎으로 공격하며 손으로는 칼을 탈취한 것이다.

그 모든 움직임은 다른 두 명이 헛손질한 칼의 방향을 바꾸기도 전에 완료되었다.

이혁이 몸을 움직이는 속도는 사내들이 예상했던 한계를 가볍게 뛰어넘고 있었다.

무릎으로 적을 치며 생겨난 반동에 천근추를 운용한 그의 몸이 쇳덩이라도 된 것처럼 땅으로 뚝 떨어졌다.

챙! 챙!

땅에 발을 디디며 쪼그리듯 앉은 그를 향해 날아든 칼들은 그가 정면에 세운 칼에 막혔다. 물러나며 방향을 바꾸려는 적의 칼에 그의 칼이 아교처럼 달라붙었다.

동료가 쓰러질 때도 표정의 변화가 없던 사내들의 눈에 얼핏 당황한 기색이 떠올랐다.

그들은 이혁의 칼에서 떨어지려고 했지만 그렇게 할 수 없었다. 칼은 말을 듣지 않았다. 소용돌이에 휘말리기라도 한 것처럼 그들의 칼은 이혁의 칼이 그리는 기묘한 원의 궤적을 벗어나지 못하고 그의 칼에 붙어 있었다.

칼을 버리는 것도 가능하지 않았다.

칼은 그들의 손바닥에 달라붙기라도 한 것처럼 떨어지지 않았다.

이런 유형의 무예가 현존할 거라 생각도 해본 적 없었기에 그들의 놀람은 곧 공포로 변했다. 하지만 그 공포의 시간은 대단히 짧았다.

이혁이 펼친 것은 흡룡와류폭(吸龍渦流爆)이라는 수법으로 혈우팔법의 하나였다.

흡룡와류폭은 천강귀원공의 기력(氣力)으로 나선의 소용돌이를 만들고 거기에 증폭된 흡자결을 결합시키는 수법이다.

드러난 것은 수비형으로 보였다. 그러나 혈우팔법에는 온전한 수비형의 기법은 포함되어 있지 않았다.

흡룡와류폭은 두 단계로 이루어신 수법으로 그 첫 번째가 지금 이혁을 상대하는 자들의 칼을 묶어놓은 흡룡와이고, 두 번째는 대선폭(大扇爆)이라는 이름을 갖고 있었다.

이해하기 어려운 각도로 움직이던 이혁의 칼이 한순간

뚝 멈추었다.

다음 순간,

쾅!

작지만 분명 폭탄이 터질 때 나는 소리와 함께 그의 손에 들린 칼의 날이 폭발했다. 조각난 칼날들은 부챗살이 퍼지듯 이혁의 전방을 휩쓸었다. 폭발의 형태는 클레이모어가 터졌을 때 나타나는 현상과 비슷했다.

어느 누가 코앞에 있는 멀쩡한 칼날이 클레이모어처럼 폭발할 것이라 예상할 수 있겠는가.

"훅!"

"컥!"

칼의 조각난 쇠붙이들에 담긴 힘은 무시무시할 정도로 강해서 사내들의 살은 그대로 관통당했고, 뼈에 부딪힌 것들은 그것을 부러뜨리며 몸속에 박혔다.

스르르.

털썩.

짤막한 비명 뒤에 난 소리는 사람의 형상을 했던 사내들이 잘 다진 어육이 되어 땅에 쓰러지며 난 것이었다.

수백 개가 넘는 구멍이 숭숭 난 그들의 몸에서 콸콸거리며 핏물이 흘러나왔다.

그들이 쓰러진 자리 주변은 단숨에 피 웅덩이로 변했다.

 이혁이 사내들과 조우하고 그들이 주검으로 변하는 데 걸린 시간은 불과 십여 초였다. 양측의 움직임은 그렇게 빨랐고, 결과 또한 극단적으로 빨리 났다.

 이혁은 몸을 돌렸다.

 '어디에서 온 자들인지는 알 수 없지만 여러 그룹 중 하나는 정리된 듯하군.'

 그는 땅을 박찼다.

 아직 죽은 자들보다 더 많은 자가 남아 있었다.

 그는 죽은 자들에게 시선조차 주지 않았다. 그런 그의 어깨 뒤로 환상처럼 어둡고 스산한 무언가가 보이는 듯했다.

 암왕사신류의 진정한 성취는 살(殺)과 함께할 때 이루어진다.

 스승은 그 진실을 이혁에게 말해주지 않았다, 진정 중요한 것이었음에도. 하지만 그것은 말할 필요가 없는 것이기도 했다.

 말해주지 않아도 저절로 알게 되는 것이었으니까.

* * *

 스피커폰에서 흘러나오는 사토의 목소리에 귀를 기울이고 있던 백금발의 미청년은 눈을 가늘게 떴다.

 […사무라이들을 제거한 그는 현재 빠르게 대전 외곽 지역으로 이동 중입니다, 주인님.]

 요점만 추린 사토의 보고는 오래되지 않아 끝이 났다. 중세 유럽식으로 지어진 넓고 웅장한 거실에 깊은 정적이 내려앉았다.

 찻잔을 들어 한 모금을 입에 문 미청년의 눈끝에 보일 듯 말 듯 주름이 잡혔다. 인상을 찡그린 듯 보였지만 묘하게도 그의 입가에는 미소가 떠올라 있었다.

 콧방울을 기점으로 얼굴의 아래와 위의 표정이 일치되지 않는 그의 모습은 비현실적으로 느껴질 만큼 아름다운 그의 외모와 어울려 그로데스크한 분위기를 만들어냈다.

 그의 입술이 천천히 벌어졌다.

 "검을 쓰는 자들이라… 사토, 그들이 누구라고 생각하느냐?"

 [제천회의 사무라이들이라고 판단됩니다.]

미청년은 고개를 끄덕였다.

"나도 그렇게 생각했다. 그렇게 정련된 검객들을 살수로 쓸 만한 조직이 조선에는 남아 있지 않으니까. 사토, 야지마가 상대를 너무 쉽게 생각한 걸까? 인자가 포함되지 않은 사무라이들만 보낸 걸 보면 말이다."

그의 질문은 진중하지 않고 가벼웠다.

자신의 생각이 아니라 사토가 어떤 판단을 하고 있는지 시험하려는 기색이었다.

사토가 대답했다.

[사무라이들만 보낸 건 그가 전시관의 복면인을 비검향의 후예라 판단해서가 아닐까 싶습니다.]

미청년의 눈에 담담한 웃음기가 떠올랐다.

"그럴 수도 있겠지. 조선의 무맥들을 제거하던 당시에도 제천회 수뇌부는 비검향이 후계자를 남겼을 거라는 추측을 했었으니까. 셋뿐이더냐?"

[아직은 그렇습니다.]

미청년의 입가에 비틀린 미소가 떠올랐다.

"아키라 가문의 당주들 중 바보는 없었지. 야지마도 바보일 리는 없고. 비검향이든 다른 무맥의 전승자든 셋만으로 충분하다고 판단했을 리 없다. 제국 시절 일인전승 되는 조선의 무맥 여섯을 제거하는 과정에서 죽어간 일본군과 사무라이들의 숫자가 천 단위를 가볍게 넘었다. 야지마도 그것을 알아. 그러니 죽은 자들은 선발대 정도일 것이다. 주의를 계속 기울이도록."

[명심하겠습니다.]

"흠, 그건 그렇고, 너 또한 복면인이 비검향의 후예라고 생각하느냐?"

[그자는 비검향의 계승자가 아닙니다.]

"호오! 왜 그렇게 생각하지?"

호기심 어린 말투였다.

그에 반해 대답하는 사토의 말투는 시종일관 단정하고 진지했다.

[그는 전투 도중 적의 칼을 빼앗아 특이한 비기를 사용했습니다만, 그것은 단검술도 비검술도 아니었습니다. 그가 사용한 기법은 존재가 의심스럽다고 판단되는 조선의 무맥에 전승된다고 전해지는 것과 비슷했습니다. 비검향의 기법은 분명 아니었습니다.]

미청년의 안색이 조금 변했다.

"사토, 어떤 기법이었느냐?"

[손에 들고 있던 검이 자석처럼 상대방의 검을 속박했

고, 그 상태에서 검이 폭발하며 수천 개의 파편이 전방을 단숨에 초토화시키는 것이었습니다.]

"…흡룡와류폭! 설마 그자가 혈우팔법을 썼다는 말이냐?"

중얼거리는 미청년의 목소리에는 놀람과 흥분이 복합되어 있었다.

[제가 보았을 때 그가 사용한 기법은 암왕사신류에 전승된다는 그것이 분명했습니다.]

"암왕의 전승자라… 예상치 못한 흥미로운 전개로군."

낮게 중얼거린 미청년이 물었다.

"비검향은?"

[보이지 않습니다, 주인님.]

"그는 이런 상황에서 손을 놓고 있을 자가 아니다. 복면인이 비검향의 후예가 아니라 해도 그는 어딘가에 은신해 모든 걸 지켜보고 있을 거다. 그를 찾아라. 그자의 꼬리를 잡을 수 있는 기회야. 그에 비하면 암왕의 미숙하고 어린 전승자 따위는 아무것도 아니다."

[최선을 다하고 있습니다.]

"만약 상황이 마무리되는 시점까지 비검향을 찾지 못한다면 준비한 그것을 내보내라. 그자의 반응을 보고 싶구나."

 [예, 주인님.]

 미청년은 스피커폰을 껐다.

 찻잔을 다시 들어 올려 향기를 음미하는 그의 얼굴은 평온했다. 사토와의 대화는 어느새 잊어버린 듯한 모습이었다.

*　　　*　　　*

 이수하와 윤성희는 날 듯이 3층으로 뛰어올라 갔다.

 1, 2층의 거실에 널브러져 있는 자들은 눈에 들어오지도 않았다.

 3층에 도착한 이수하의 입에서 무거운 숨소리가 흘러나왔다.

 "아아……."

 그녀는 거실 바닥에 쓰러져 있는 두 명의 남자를 보자마자 그들이 이미 이 세상 사람이 아니라는 걸 한눈에 알 수 있었다.

 오면서 윤성희에게 이곳에서 어떤 일이 벌어졌는지 듣긴 했다. 그러나 듣는 것과 직접 보는 건 그 느낌이 하늘과 땅처럼 달랐다.

그녀들의 뒤로 대여섯 명의 사내가 올라왔다.

수사본부의 형사들이었다.

속속 도착한 경찰들이 저택에 가득 찼고, 그보다 몇십 배는 많은 경찰들이 저택 주변과 노은동에 바리케이드를 치고 검문에 들어갔다.

형사들과 동행한 과학수사반 직원들이 현장통제에 들어갔다.

암흑가의 거두가 살해당한 대형 강력사건이었다.

초동조치는 철저하게 이루어져야 했다.

현장을 돌아보는 형사들은 이수하를 힐끔거렸다.

그들이 이상하게 여길 만큼 서복만과 조정대의 시신을 보는 이수하의 안색은 어두웠다. 현장이 빠르게 경찰통제에 들어가는 시점에 윤성희는 전화를 받았다.

통화를 마친 윤성희가 이수하의 손목을 잡아 끌어당기며 귀에 속삭였다.

"일단의 의심스러운 자들이 빠른 속도로 갑하산 방향을 향해 이동하고 있대. 도보로 이동하는 데도 엄청나게 빠르대."

이수하는 윤성희를 돌아보았다.

윤성희는 움찔했다.

이수하의 눈은 무서울 정도로 빛나고 있었다. 하지만 그 빛은 어두웠다.

윤성희는 이수하의 눈에서 극심한 불안과 두려움, 그리고 광기를 느꼈다. 이해하기 어려울 만큼 이수하의 감정은 강하게 요동치고 있었다.

"너, 왜 그래?"

이수하는 고개를 저었다.

"신경 쓸 거 없어. 그런데, 갑하산이라고?"

"응."

"이 사건의 용의자라고 의심된다는 거지?"

이수하의 목소리는 어딘지 붕 떠 있었다.

윤성희는 고개를 끄덕이며 대답했다.

"삼촌은 그럴 수도 있다고 생각하는 거 같아."

"이곳에 배치된 경찰력은 허탕일 수도 있다는 거네?"

"그렇게만 보긴 어려워. 그쪽이 용의자가 아닐 가능성도 열어두어야 하니까."

"갑하산 쪽으로도 경찰력을 보낸 거야?"

"일선 지구대와 비상 연락받고 출근한 경찰들을 보내긴 했는데 많지는 않은 것 같아. 이곳으로 대부분의 경찰력을 투입한 상태라 여력이 별로 없으니까."

"너, 그쪽으로 갈 생각인 거지?"

이수하의 질문을 받은 윤성희는 망설임 없이 대답했다.

"응. 서복만과 조정대를 죽인 자는 육체적인 능력이 믿기 어려울 정도로 뛰어나. 차량을 이용하지 않았다 해도 노은동을 벗어났을 가능성이 커."

이수하는 주변 형사들을 슬쩍 돌아보며 목소리를 낮춰 물었다.

"본 거야?"

그녀는 윤성희가 어떤 능력을 가지고 있는지 잘 안다.

"당연히."

윤성희의 대답은 명쾌했다.

이수하는 입술을 깨물었다.

그녀가 말했다.

"가자."

"그래."

두 사람은 뒤로 빠졌다.

굳이 여기에 있는 형사들에게 얘기할 필요는 없었다. 갑하산 쪽으로 용의자가 이동 중이라는 건 아직 추측에 불과했다. 그에 반해 서복만과 조정대가 살해당한 현장은 경찰통제하에 들어온 중대한 사안이었다.

철저하게 조사해야 했고, 그것을 처리할 수 있는 인력이 남아야 했다. 더 많은 경찰력을 갑하산 쪽으로 투입할 필요가 있다면 위에서 지시할 것이다.

무엇보다도 윤성희와 이수하는 경찰력을 지휘할 수 있는 위치에 있지 않았다. 경찰력을 이동시키기 위해서는 그녀들이 지휘권한을 가지고 있는 사람들을 설득해야 했는데, 그러고 있을 시간 여유가 없는 것이다.

저택을 나와 차를 타고 시동을 건 윤성희가 이수하를 돌아보았다.

"복면인… 단독으로 움직이는 자가 아니야."

무섭게 굳은 얼굴로 정면 차창 밖을 잡아먹을 것처럼 노려보고 있던 이수하가 눈살을 찌푸리며 물었다.

"무슨 소리야?"

"내가 받은 전화 내용은 두 가지였어. 하나는 네게 말했던 갑하산 얘기였고, 다른 하나는 이자룡의 상산파에 대한 거야."

강력반에서 잔뼈가 굵은 이수하다. 그녀는 윤성희가 아직 설명하지도 않은 부분까지 단숨에 이해했다.

"서울에서… 이자룡이 태룡을 공격하고 있단 거야?"

그녀는 목이 잠기기라도 한 것처럼 말투가 어눌했다. 심적 충격이 그만큼 큰 것이다.

윤성희는 고개를 끄덕였다.

그녀가 액셀을 있는 힘껏 밟은 탓에 중형 승용차는 어둠에 잠긴 노은동 거리를 그야말로 미친 듯이 질주하는 중이었다.

"서복만이 죽은 직후에 이자룡이 움직이기 시작한 모양이야. 시간차는 몇 분도 되지 않는대. 그게 뭘 의미하겠어?"

이수하의 입은 조가비처럼 꼭 닫힌 채 열리지 않았다.

윤성희의 말 대로였다.

서복만의 사망과 동시에 이자룡이 태룡을 공격하기 시작했다는 사실이 의미하는 건 단순하고도 분명했다.

"후우……."

이수하의 입술 사이로 기늘고 긴 한숨이 흘러나왔다.

*   *   *

"오랜 시간 검을 수련한 자들이었습니다, 조장님."

말을 마친 사내는 고개를 숙였다.

"검이라… 우리 말고도 이런 일에 검을 쓰는 자들이 있을 줄은 몰랐군. 아무튼 나름 검도를 어느 정도까지 수련한 자 셋을 간단하게 처리한 걸 보면… 회주님의 판단하신 것처럼 그가 조선의 무맥들 중 어느 하나의 전승자임은 분명한 듯하구나."

군살이라고는 눈을 씻고 찾아볼 수 없는 훤칠한 몸매에 입술과 눈이 가늘어 고고하게까지 느껴지는 사내, 기무라가 흥미롭다는 얼굴로 중얼거렸다.

그가 보고를 한 사내에게 물었다.

"그자는?"

"산이 있는 서쪽 방향으로 이동 중입니다. 계룡산이라는 주산의 자락에 있는 작은 산입니다."

대답을 들은 기무라의 입가에 미소가 떠올랐다.

"산으로 도망칠 생각인가?"

"그렇게 보입니다, 조장님."

기무라의 미소가 진해졌다.

"그 선택이 최악이라는 것을 곧 알게 되겠군. 네가 어느 무맥을 이었든 본회의 인자(忍子)들의 공격을 막아내는 건 꿈에 불과해. 어둠 속에서 본회의 인자는 무적이기 때문이다. 하지만 네가 그것을 깨달을 기회는 없겠지. 죽은 자가 어떻게 그것을 알 수 있겠느냐. 후후후."

나직한 기무라의 웃음소리를 들으며 부하는 허리를 깊숙이 숙였다.

*　　　*　　　*

어둠과 적막이 괴괴하게 내려앉은 숲.

이혁은 걸음을 늦췄다.

높은 산도 아니었고, 아름드리 거목들이 늘어서서 사람이 통행하기 어려울 정도로 울창한 숲도 아니었다. 하지만 그 한 몸 숨기기에는 충분하고도 넘쳤다.

'갑하산이라고 했었지…….'

이혁은 커다란 나무에 등을 기대고 자신이 온 길을 되돌아보았다.

대전 지리에 큰 관심이 없어 뭐가 어디에 있는지 잘 모르는 그였다. 그래도 몇 달을 지낸 덕분에 대전 인근에 자리 잡고 있는 산의 이름 정도는 알고 있었다.

그리고 이 산에 대해서는 좀 더 많은 것을 알고 있었다.

서복만이 노은동에 은신처를 마련했다는 걸 알게 된 후 사전에 그곳 주변의 지리를 조사한 때문이었다.

이번 일은 그가 스스로에게 부여한 임무였다. 지리를 모르고 임무를 수행한다는 건 있을 수 없는 일이었다.

이혁의 눈빛은 침침하고 어두웠다.

'피의 빚은 피로 갚아야 한다……. 너희가 누구든… 어서 오라… 지옥을 보게 해 주마…….'

그는 천천히 걸음을 내딛었다.

 공격은 아무런 조짐도 없이 불시에 시작되었다.
 이혁이 3, 4미터 높이의 나무들이 들어차 있는, 길이 없는 숲 속을 걸어갈 때였다.
 스읏!
 이혁이 막 지나치던 오른쪽 나무의 측면에서 한 자루의 검이 소리 없이 공간을 가르며 이혁이 옆구리로 날아들었다.
 칼날을 검게 도색한 탓에 어둠과 구별이 되지 않는 검이었다.
 검을 든 자의 모습도 몸에 달라붙는 검은색 트레이닝

과 복면을 하고 있어서 눈의 흰자위가 번뜩이지 않았다면 어둠과 구별하기도 어려웠다.

나무와 이혁의 거리는 50센티미터도 채 되지 않았다. 그래서 칼끝은 모습을 드러내자마자 그의 몸에 닿았다.

꼬치에 꿰이듯 이혁의 옆구리에 검이 틀어박히는 듯했다.

공격을 한 자의 입가에 희미한 미소가 떠올랐다.

그는 자신의 검격이 성공했다고 확신했다.

그의 검은 빨랐고, 이혁은 코앞에 있었다. 다른 사람이 이런 상황의 공격을 했다면 그도 피하지 못했을 것이다.

하지만 그것이 자신의 착각이라는 걸 깨닫는 데는 오랜 시간이 필요하지 않았다.

그의 눈이 찢어질 듯 커졌다.

이혁의 몸이 순간적으로 두 개로 보였다.

그를 꿰뚫은 것처럼 보였던 검은 등에 붙어 있었다.

이혁은 반보를 앞으로 나아가는 간단한 움직임으로 공격자의 검을 피한 것이다. 그의 순간적인 움직임은 가공할 정도로 빨라서 눈으로는 따라잡을 수가 없었던 것이다.

이혁의 몸이 가라앉으며 우측 발이 사내가 있는 방향으로 측면으로 이동했다. 그리고 곧추세운 팔꿈치가 사내의 명치를 부드럽게 파고들었다.

 푸욱!

 움직임은 리드미컬할 정도로 우아했지만 그 속도는 사내가 피할 수 없을 만큼 빨랐고, 팔꿈치에 담긴 경력은 공포스러울 만큼 강력했다.

 바위를 부수고 쇠를 끊는다는 야차회륜박의 팔꿈치 공격이다.

 푸확!

 뼈를 으스러뜨리며 파고든 단 일격의 침투경은 사내의 내부 장기를 단숨에 으스러뜨렸다. 사내의 입에서 굵은 핏물이 분수처럼 쏟아졌다.

 이혁은 아무 일도 없었던 것처럼 다시 걸음을 옮겼다. 그의 뒤로 전신을 검은빛 일색의 옷으로 가린 사내가 스르륵 무너져 내렸다.

 이혁은 미간을 모으며 주변을 훑어보았다.

 죽은 사내는 상상도 하지 못했을 것이다. 이혁이 그가 공격하기 전 이미 은신해 있는 그를 알고 있었다는 걸.

 암왕사신류의 와룡천망은 이혁을 넘어서는 내가무예의

초고수가 아니라면 피하는 것이 가능하지 않은 경이로운 수법이었다.

'30미터 이내에 일곱. 앞서 상대했던 검수들보다 더 혹독한 수련을 거친 자들이다. 검술도 그렇지만 은신하는 수법이 발군이야. 와룡천망을 펼치고 있지 않았다면 알아차리지 못했을 거다. 우리나라에 이런 수련을 하는 자들이 있었나?'

그의 생각이 잠시 끊어졌다.

스팟!

바로 발밑의 지면이 한 곳이 소리 없이 갈라지며 한 자루의 검이 수직으로 솟아올랐기 때문이다. 역시 검은색으로 칠을 한 탓에 어둠과 구별이 되지 않았다.

땅을 뚫고 나온 검은 이혁이 있던 지점의 허공을 꿰뚫었다.

이혁의 몸이 앞선 경우와 마찬가지로 두 겹으로 겹쳐지는 듯한 환영이 생겨나며 종이 한 장 차이로 검을 비켰다.

그의 걸음은 독특했다.

느리게 움직이는 듯하지만 공격에 적중당할 만한 타이밍에는 눈으로 보면서도 믿을 수 없을 만큼 빨라졌다.

그가 사용하고 있는 보법은 삼보쾌완(三步快緩)이라는 이름을 갖고 있다.

삼보쾌완은 연속되는 세 걸음 속에 빠름과 느림의 상대적인 이치가 녹아들어 있는 암왕사신류 비전의 운신법이다.

스승은 그에게 이것만 제대로 배워도 한 몸 건사하는 데는 충분할 거라고 호언장담했었다.

하지만 단서가 뒤따랐다.

그것은 평생 동안 노력해도 제대로 배우기는 게 그리 쉽지 않을 거라는 것이었다.

이혁은 세 걸음 걷는 게 뭐가 그리 어려울까라고 생각했었다. 그리고 얼마 지나지 않아 자신의 생각이 얼마나 무지한 것이었는지 뼈저리게 깨달았다.

현재 그는 삼보쾌완을 한 걸음 반 내딛을 수 있었다.

비록 그가 무예 수련에 모든 것을 바치며 생활한 건 아니라 할지라도 이해하기 어려울 정도로 느린 성취였다.

그것은 삼보쾌완이 단순한 몸의 움직임이 아니라 빠름과 느림이라는 상대적인 이치의 흐름을 파고드는 초상승의 무리를 담고 있는 절기였기 때문이었다.

문제는 그뿐만이 아니었다. 삼보쾌완의 이치를 몸으로

구현하기 위해서는 그에 걸맞은 몸을 갖고 있어야 했다.

그의 사문 무예를 오랜 세월 수련하면 암왕사신체(暗王死身體)라고 불리는, 암왕류 무예를 펼치기에 최적화된 몸의 경지에 도달하게 된다.

먼저 그 조건이 충족되어야 했다.

그렇지 않았다면 삼보쾌완의 완성은 불가능했다.

세 걸음을 걷기 전에 먼저 몸이 견디지 못하고 부서지는 것이다.

남들이 들으면 아무도 믿지 않겠지만 그가 한 걸음 반을 제대로 걸을 수 있기 위해 쏟아부은 세월이 무려 9년이었다.

허공을 찌른 검의 날이 방향을 180도 바꾸며 이혁의 사타구니를 베어왔다. 하지만 그 변화는 타이밍이 한발 늦었다. 검의 날이 2센티미터를 이동하기도 전에 앞으로 나간 이혁의 오른발 뒤축이 지면을 강하게 밟았다.

우두둑.

무언가 부러지는 소리가 나는가 싶더니 그가 밟은 발 주면의 흙이 검붉게 물들었다. 그와 동시였다.

스팟!

그의 머리 위가 어두워지며 한 자루의 검이 수직으로

그의 정수리를 향해 떨어져 내렸다. 나무 위에 은신해 있던 자였다.

그는 땅속에 숨어 있던 자가 공격하던 시점에 몸을 움직였다. 원래 계획대로였다면 이혁이 공격에 적중되든 피하든 그 직후 그의 검이 이혁을 꿰뚫었어야 했다. 그런데 묘하게 타이밍이 어긋나 버렸다.

그것은 삼보쾌완이 갖는 절대적인 묘용 중의 하나였다.

빠름과 느림은 결국 시간 속에서 이루어지는 상대적인 개념이다. 삼보쾌완은 그 시간 속에서 자신의 운신 속도를 조율하며 상대의 타이밍을 빼앗고 비튼다.

적의 타이밍을 빼앗으면 전장의 지배력을 확보할 수 있다. 이길 수 있는 확률이 큰 폭으로 상승하는 건 당연한 수순이다.

이혁의 한 걸음 반에 담긴 의미는 그렇게 신묘했다. 그래서 배우기 어려울 수밖에 없는 것이고.

그의 몸이 미끄러지듯 좌측으로 반보를 이동했다. 정수리를 노린 검이 그의 오른쪽 어깨를 스치며 내리꽂혔다.

공격한 복면인은 이를 악물며 손목을 틀어 검의 방향을 바꾸었다. 하지만 그것은 마음뿐이었다. 이혁의 공격이 이미 그에게 도달하고 있었기 때문이다.

검을 흘린 이혁은 오른손으로 복면인의 손목을 잡아당겨 그의 균형을 깨뜨렸다. 그리고 곧추세운 어깨로 허공에서 비틀거리며 떨어지는 복면인의 머리를 튕기듯이 쳤다.

콰직!

와드득!

이혁의 어깨와 부딪친 복면인의 머리 전체가 몸에 파묻히듯이 밀려들어 가며 뼈 부러지는 소리가 요란하게 났다.

혀를 빼문 복면인의 입과 코, 눈에서 피분수가 솟구쳤다. 힘을 잃은 복면인의 몸이 맥없이 땅에 나뒹굴었다.

털썩.

즉사였다.

이혁의 전진 속도는 한결같았다.

20미터를 전진하는 동안 네 번의 공격이 파상적으로 이어졌다. 그 공격들은 거의 시간차가 없는, 연환과 합격으로 이루어졌다.

세 번의 검격이 실패하는 것을 본 탓인지, 아니면 본래 주사용 무기가 다른 자들이어서인지는 알 수 없었지만 이어지는 공격은 변칙적이었다.

그들은 육방수리검을 날리고 독침이 달린 그물을 던졌으며 쇠사슬이 달린 낫을 휘두르고 삼지창처럼 생긴 쌍차를 종회무진으로 사용했다. 하지만 그들은 모두 실패했다.

이혁이 걸음을 멈췄을 때 그의 등 뒤에는 일곱 구의 시신이 생겨나 있었다.

그는 무심한 눈으로 사방을 돌아보았다.

괴괴한 어둠은 검붉게 보였다. 그 안에 소름 끼치는 살기가 넘실거리고 있다는 것을 알고 있기에 검게만 보이지 않는 것이다.

'이들은 먼저 나를 공격했던 세 명의 검객과는 다른 자들이다. 공격 형태나 무기를 보면 이자들은… 제천회다.'

이혁은 일곱 전의 공격을 당하고 그들을 쓰러뜨리면서 상대의 정체를 확신하게 되었다. 그를 공격한 자들은 어둠 속에서 어떻게 은신해야 하는지, 어떻게 기다려야 하는지, 그리고 또 어떻게 싸우는지를 아는 자들인 것이다.

그런 전투법을 전문적으로 수련했기 때문이다.

현존하는 어떤 무술유파도 이런 인술(忍術)을 전수하

지는 않는다. 게다가 저들이 사용하는 무기 또한 이 땅에서는 사용하는 자가 거의 없는 것들이었다.

이혁의 입가에 서늘한 비웃음이 떠올랐다.

'이런 식의 싸움이라면 제천회, 너희들은 나를 어찌할 수 없다.'

일곱을 상대했음에도 그는 상처 하나 입지 않았다. 그가 그들 개개인보다 강하기도 했지만 승패를 가른 결정적인 이유는 다른 데 있었다.

'본문과 인술은 동류(同流)다. 하지만 너희와 본문이 개척한 경지는 차원이 다르다. 내가 암왕사신류의 당대 전승자이며, 본문이 왜 암왕사신이라 불리는지 조금이라도 아는 자라면 내게 이런 암격 중심의 공격을 하는 게 자살행위라는 것을 알았을 텐데.'

다른 사람에게는 분명히 위협적이었을 공격자들의 은신은 그에게 전혀 영향을 미치지 못했다. 그 또한 은신수법을 익히고 있는 데다가 무영경의 와룡천망은 그들의 은신을 정확하게 파악해 냈기 때문이다.

은신과 공격패턴이 파악되어 버린 자객은 형장에 끌려나와 목을 늘이고 칼날이 떨어질 때를 기다리는 사형수나 다름없는 신세다.

그들의 공격은 실패가 노정되어 있었던 것이다.

생각을 이으며 이혁은 고개를 작게 끄덕였다.

'아직 제천회에서는 내가 어느 무맥의 전승자인지 확실하게 알지 못하고 있는 듯하군.'

우거진 수풀 너머를 응시하는 이혁의 두 눈이 스산한 빛을 발했다.

'이제 알게 해주마. 제천회, 너희가 상대하는 사람이 어떤 사람인지를.'

환상처럼 그의 모습이 흔적도 없이 사라졌다.

어둠이 몸을 떨기라도 하듯 미미하게 꿈틀거렸지만 사람의 육안으로 파악할 수 없는 정도에 불과했다.

그는 암향무영의 수법으로 몸을 숨긴 것이다.

일백여 미터 떨어진 계곡에서 느긋하게 등을 바위에 기대고 있던 기무라의 안색이 어느 순간부터 돌처럼 굳어버렸다.

그의 손에 가로세로 5센티미터 크기의 작은 액정 모니터가 달린 정사각형의 전자 장비를 갖고 있었다.

얼마 전 조원들과 헤어진 직후부터 모니터에는 붉은 점 일곱 개가 계속 깜박이고 있었지만 지금 그 빛은 사라지고 없었다.

그 장비는 부하들의 몸에 부착된 생체신호를 전송받는 장비였다. 일곱 개의 붉은 점이 사라져 텅 비어 보이는 액정이 의미하는 건 하나뿐이었다.

"모두 죽었다고?"

불신이 가득 담긴 중얼거림이 그의 입술을 비집고 흘러나왔다.

그가 이끄는 조(組)는 회의 여러 무력 집단 중 최상위에 속한다고 할 수는 없었다. 그러나 그건 회의 내부 평가일 뿐 회에 속하지 않은 외부인 중에는 그들이 노렸을 경우 피하거나 반격을 가할 수 있는 능력자를 찾기 어려웠다.

그렇게 강한 수하들이 단 한 명의 적, 그것도 조선인을 상대로 싸우다 전멸했다는 걸 받아들이기는 쉽지 않았다.

기무라는 전송기를 호주머니에 넣었다.

그는 옆에 놓아두었던 두 자루의 검을 집어 들었다.

한 자루는 길고, 다른 건 짧다.

검집을 벗어난 두 자루의 검 역시 날이 검게 칠해져 어둠과 구별이 쉽지 않았다.

그는 아이 때부터 이도류(二刀流)를 수련한 검도의 고수다.

제천회는 조선무맥과의 싸움 이후 인술과 일본 정통 고류무술 속의 실전적 기법들을 통합하여 대동천신류(大同天神流: 다이토덴징류)라는 하나로 완성된 무도체계를 만들어냈다.

그때부터 제천회 무사들 사이에는 인자와 사무라이의 경계가 사라졌다.

기무라는 그것을 수련한 자였다. 비록 대동천신류의 비전을 얻지는 못했지만 일반검도를 수십 년 수련한 자도 그의 적수는 아니었다.

그는 뒤꿈치를 세우고 날카로운 시선으로 주변을 살피며 걸음을 내딛었다. 삼십여 년 동안 무도에 전념한 자답게 그의 발에서는 소리가 나지 않았다. 춤을 추는 무용수처럼 가볍고 날렵한 몸놀림이었다.

그는 바위를 등지고 돌로 된 바닥만을 짚었다.

은신술을 수련한 자였기에 본능적으로 사람이 몸을 숨길 수 없는 곳으로만 움직이는 것이다. 하지만 그는 몸에 밴 그 습관이 아무 소용도 없다는 걸 알지 못했다.

막 걸음을 내딛으려던 기무라는 눈살을 찌푸렸다.

그의 감각은 찰나의 순간 주변의 무언가가 바뀌었다는 경고를 보내오고 있었다.

자신의 감각에 대한 강한 신뢰는 그의 움직임을 멈추게 했고, 자세를 낮추며 주변을 돌아보게 했다. 그러나 신중하게 여러 번을 반복해서 둘러보아도 바뀐 것은 눈에 띄지 않았다.

느리게 흘러가는 구름 사이로 간간이 드러나는 달빛 아래 갑하산은 을씨년스러운 모습으로 침묵을 지키며 서 있을 뿐이었다.

고개를 갸웃한 그가 굽혔던 무릎과 허리를 폈다.

그때 그는 볼 수 있었다.

자신과 함께 일어서는 어둠을, 바로 그의 그림자를.

"컥!"

그가 자랑하는 이도류를 펼칠 사이도 없었다.

곧추세운 수도에 목이 반쯤 끊어진 그는 믿을 수 없다는 듯 눈을 크게 떴다. 자신의 앞에 우뚝 선 그림자를 보는 그의 눈에서 빛이 사라졌다.

이혁은 기무라의 목을 끊어낸 손을 뺐다.

푸확!

피가 분수처럼 솟구치며 기무라의 몸이 무너져 내렸다.

털썩.

이혁은 자신이 쏟아내는 피 구덩이에 몸을 누인 사내를 내려다보며 중얼거렸다.

"너희가 좋아하는 싸움 방식이라면 난 언제든 환영이야. 내게도 익숙한 방식이거든."

그는 기무라의 시신에서 눈을 뗐다.

긴 밤은 아직 끝나지 않았다.

*   *   *

휘이익~

적무린이 휘파람을 불며 말했다.

"형님, 시신이 여덟 구군요. 저택 안에서도 몇이 죽어 나갔을 거고, 앞의 검객 셋까지 더하면 벌써 죽은 놈이 열이 훨쩍 넘습니다. 이 자식 손속이 끝내주는군요. 아주 작정을 한 것 같은데요?"

말없이 한쪽 무릎을 굽히고 기무라의 시신을 살피던 적운기가 적무린에게로 고개를 돌리며 자리에서 일어났다.

일어난 그는 칼로 벤 듯 절반쯤 잘려 나간 기무라의

목을 힐끗 보며 입을 열었다.

"생각보다 더 고수다. 무린아, 상대를 경시하지 마라."

무거움이 느껴지는 어조.

적무린은 흰 이를 드러내며 싱긋 웃었다.

"그렇게 말씀 안 하셔도 이 자식 솜씨가 만만찮다는 것 정도는 충분히 느끼고 있습니다, 형님. 걱정하지 마세요. 제가 아홉 개의 생명줄을 가진 고양이도 아닌데 이런 솜씨를 가진 놈을 어떻게 무시하겠어요."

적무린의 미소에 전염된 듯 적운기도 싱긋 웃으며 손으로 그의 어깨를 툭툭 두드렸다.

"믿는다."

적무린은 자신의 어깨를 두드리는 적운기의 손등에 손을 올려놓았다. 그리고 적운기의 눈을 똑바로 보았다.

"형님."

그의 눈에 긴장된 기색이 떠오른 것을 본 적운기가 작은 목소리로 물었다.

"말해라."

"그들이 왔습니다."

적운기의 입가에 드리워진 미소가 진해졌다.

"제대로 꼬리를 물었구나. 준비는?"

적무린은 자연스런 태도로 주변을 둘러보며 대답했다.

"당연히 완료죠. 주진방이 역포위를 시작했을 겁니다."

두 사람의 대화가 마무리되었을 때 주변의 나무와 바위 뒤에서 사람들이 몸을 일으켰다. 숫자가 삼십이 넘었다.

어둠이 짙은 터라 그들은 그저 검은 형체로만 보였다. 그래서인지 괴기한 분위기가 장내를 가득 채우는 듯했다.

이십여 명의 부하가 적운기와 적무린을 보호하듯 그들을 가운데 두고 둥근 원을 그리며 섰다. 이혁의 뒤를 쫓느라 많이 지친 모습들이었지만 그들의 기세는 여전히 만만찮게 사나웠다. 그들은 앙천의 다음 후계자를 호위하는 정예인 것이다.

모용산은 팔짱을 낀 채로 적운기를 보며 옆의 장석주에게 말했다.

"예상보다 팔팔해 보이는군요."

장석주는 담담하게 웃으며 말을 받았다.

"저것보다 더 팔팔해도 신경 쓰실 것 같지 않아 보이는데, 제가 잘못 본 겁니까?"

천천히 팔짱을 푼 모용산이 풀썩 웃었다.

"하하하, 장 대인의 눈은 속일 수가 없군요. 팔팔하든 지쳤든 무슨 상관이겠습니까. 중요한 건 이런 자리가 마련되었다는 거지요."

말을 마쳤을 때 모용산의 전신에서 산악과도 같은, 장중한 기세가 서서히 일어섰다.

그가 적운기를 똑바로 노려보며 장석주에게 말했다.

"정면은 우리가 맡죠. 지원을 부탁드립니다."

"알겠습니다."

장석주의 대답이 떨어짐과 동시에 모용산의 오른손이 가슴께까지 올라갔다가 아래로 빠르게 떨어져 내렸다.

수신호가 떨어지자 적운기 일행을 둘러싼 삼십여 명 중 이십여 명이 무서운 속도로 튀어나왔다. 그들의 손에 50센티미터 길이의 두툼한 칼이 들려 있었다.

푸르스름한 빛을 발하는 날의 길이는 35센티미터가량 되었고, 폭은 10센티미터는 됨 직하게 두툼했다. 그리고 한쪽에만 날이 있는 칼의 이름은 '굉천도(轟天刀)'라는 이름을 갖고 있었다.

굉천도를 들고 있다는 건 그들이 '혈해'의 핵심인 모용세가 비전의 무술 '굉천도법'을 수련한 도(刀)의 일류

고수들이라는 걸 의미했다.

적무린은 얼음장처럼 차가운 미소를 지었다.

"준비를 제대로 한 모양인데, 생각처럼 쉽지는 않을 거다, 모용산."

적무린은 허리춤을 손으로 잡았다.

그의 손목이 슬쩍 비틀림과 함께 챙 하는 소리가 나며 삼엄한 은빛 광채가 무지개처럼 그의 앞에 떠올랐다.

그의 손에는 바람 앞에 허리를 굽히는 갈대처럼 낭창거리는 1미터 길이의 검이 들려 있었다. 그의 애검인 '어린백검(魚鱗白劍)은 중국의 다양한 검 중에서도 다루기가 까다롭다고 정평이 난 연검(軟劍)의 일종이었다.

그가 검을 빼는 것과 동시에 적씨 형제를 호위하듯 서 있던 사내들도 일제히 허리춤에서 연검, 어린검을 꺼내어 손에 쥐었다.

앙천적가에는 '섬광유성검법'이라는 절정의 쾌검술이 전해진다. 그 검술은 익히기가 어려운 연검술류이지만 일단 성취를 얻으면 적수를 찾기 드물다고 알려져 있다.

물고기의 비늘이 빛에 산란하는 듯한 어린검의 광채가 쇄도하는 굉천도의 푸른빛에 맞서 크게 일렁였다.

쇄도하는 '혈해'의 무인들을 향해 검을 곤추세우는

'앙천'의 무인들 눈에 소름 끼치는 살기가 피어올랐다.

적무린의 비틀린 입술을 비집고 차갑고 비정한 한마디 일갈이 떨어졌다.

"죽여라!"

바람처럼 달려든 굉천도에서 낮게 우르릉거리는 천둥 소리가 나며 푸른빛 도광이 하늘과 땅 사이를 찢어발기듯 충천했다. 그를 맞이하는 어린검에서 물고기의 비늘과도 같은 은빛 검광이 파도처럼 일어나 얽혀들었다.

모용산은 검광도광이 충천하는 가운데를 천천히 걸어들어갔다.

그가 걸어가는 대로 길이 났다.

앙천의 무인들 중 그를 공격하는 자는 아무도 없었다.

애당초 그런 생각을 가진 자도 없었고, 그런 행동을 하도록 혈해의 무인들이 손 놓고 보고만 있을 리도 없는 것이다.

모용산이 걸어가는 길의 끝에 적무린과 적운기가 서 있었다.

적무린은 한걸음 앞으로 나서 적운기를 등 뒤에 두고 섰다. 그의 뒷머리를 보며 적운기가 입술을 달싹였다.

"조심하거라. 모용산은 백 년에 한 명 나올까 말까 하다는 평가를 받는 무공의 귀재다."

적무린은 피식 웃었다.

"형님, 백 년쯤이야, 제가 천 년에 한 명꼴이라는 평가를 받는 희대의 천재라는 걸 잊으신 모양입니다. 흐흐흐."

적운기는 어쩔 수 없다는 듯 웃고 말았다.

과장이 어느 정도 섞여 있긴 했지만 적무린의 무공에 대한 재능은 비슷한 사람을 찾기 힘들 정도로 뛰어난 것이 사실이었다.

적무린과 거리가 가까워질수록 모용산의 걸음은 느려졌다. 그리고 둘 사이의 공기가 무겁게 가라앉았다.

적운기는 뒤로 2미터를 물러났다.

적무린은 젊은 나이에도 불구하고 적으로부터 검마(劍魔)라고 불리는, 손속이 냉혹하기로 유명한 검의 절정고수였다. 그리고 모용산은 적무린보다 십여 년 앞서 도백(刀伯)이라는 무명을 얻은 도법의 일대고수였다.

두 사람 사이에 흐르는 정제된 살기는 무섭게 강력해서 수련을 받지 않은 사람은 살기에 휘말리는 것만으로도 몸이 상하고 정신을 잃을 정도였다.

적운기도 대단한 무공을 익히고 있긴 했지만 저런 고

수들이 싸우는 장소 근처 있어서 좋을 일은 하나도 없는 것이다.

적무린은 어린백검의 끝을 혀에 가져다 댔다.

엷게 베인 혀에서 아릿한 피 맛이 났다.

그의 눈동자가 조금씩 색이 변했다. 처음엔 흰자위가 붉게 물들었다. 실핏줄이 터진 것과는 달랐다.

잠시 후 그의 검은자까지도 붉게 물들었던 것이다. 곧 그의 눈 전체가 피 구덩이에 빠진 것처럼 시뻘겋게 변했다.

그가 천천히 입을 열었다.

"소당주, '혈해(血海)'라는 이름 아주 잘 지은 이름이지 않소? 곧 이곳은 피바다가 될 테니 말이오."

그와 모용산의 눈이 마주쳤다.

적무린의 기괴한 눈을 마주했음에도 모용산은 놀란 기색이 전혀 없었다. 익숙한 것을 보는 듯한 눈길이었다.

모용산이 입매를 비틀며 말을 받았다.

"검마의 혈지안이 공포스럽다는 얘기는 많이 들었소. 과연 소문대로인지 한 번 봅시다."

"명불허전이라는 걸 알게 되실 겁니다, 소당주. 후후후."

웃음소리의 여운이 사라지기 전 가공할 속도의 은빛 섬광이 공간을 갈랐다.

어둠과 동화된 채 안개처럼 갑하산 능선을 따라 움직이던 이혁은 걸음을 멈췄다.

구름 사이로 드러난 달빛이 어스름한 빛을 뿌리고 있었지만 그의 모습은 드러나지 않았다. 달빛이 만들어낸 산의 그림자는 그의 암향무영을 도와주고 있었다.

'누군가 있다. 고수다……'

이혁의 눈가에 긴장된 기색이 떠올랐다.

마음이 움직인 순간 와룡천망의 기막이 전방을 향해 넓게 퍼져 나갔다.

예전에는 와룡천망을 펼치려면 먼저 마음을 안정시키고 정신을 집중해야 했지만 지금은 뜻이 일어남과 동시에 펼쳐졌다.

생사를 건 싸움이 거듭되면서 그의 무예는 무서운 속도로 진화하고 있었다. 이혁 본인은 아직 그것을 제대로 의식하지 못하고 있었지만.

이혁의 미간이 일그러졌다.

'분명히 저 앞에 은신하고 있는 자들이 있는 느낌인

데… 와룡천망이 감지하지 못하고 있다. 그 정도의 고수까지 동원되었나……?'

와룡천망이 감지하지 못한다면 그에 비해 못하지 않은 수준의 고수라고 보는 게 합리적이었다.

와룡천망의 기막을 회피하려면 기에 대한 이해도와 운용법이 일정 경지에 도달해야만 하기 때문이었다.

그의 눈빛은 무거웠다.

'천관령이 아니었다면 범의 아가리를 향해 걸어 들어가는 꼴이 되었을 거다.'

암왕사신류의 기본수련법인 흑암천관령을 수행하면 제육감이라고 부르는 감각이 극도로 발달한다. 몸 안의 인지능력이 강화되는 과정 중 첫 번째로 얻어지는 것이 육감의 발달이고 천관령의 수준이 깊어질수록 육감도 깊어진다.

천관령이 완숙의 경지에 도달하면 좁은 공간에서는 와룡천망을 펼칠 필요가 없어진다. 육감이 와룡천망의 기막보다도 정확하게 주변을 파악하기 때문이다. 파악해야 할 지역이 넓다면 당연히 와룡천망이 훨씬 더 효율적이고.

이혁의 천관령은 이제 4성에서 5성으로 막 넘어가는

수준에 불과해서 육감 또한 미숙했다. 그럼에도 그는 와룡천망에 잡히지 않을 뿐 전방의 어딘가에서 누군가가 그를 기다리고 있다는 것을 느끼고 있었다.

그의 움직임이 신중해졌다.

은신하고 있는 자들은 지금까지 그가 상대했던 자들과 비교할 수 없는 강자들이었다.

그는 그늘 속에 몸을 숨기고 이십여 미터를 전진했다. 갈 지(之) 자 형태로 전진하던 그의 눈이 매의 그것처럼 빛났다.

그는 걸음을 멈추고 주저앉듯이 자세를 낮췄다. 슬며시 일그러지는 그의 눈에 의혹의 빛이 떠올랐다.

5미터가량 떨어진 넝쿨 아래에 검은 양복을 입은 사내가 있었다. 그런데 그 사내는 참선이라도 하는 것처럼 태연하게 눈을 감고 가부좌를 틀고 앉아 있었다.

이런 분위기, 이런 장소에서 저와 같은 자세를 하고 있는 사람을 볼 거라고는 생각지 못했기에 이혁은 잠시 혼란을 느꼈다.

그때였다.

감겨 있던 사내의 눈꺼풀이 위로 올라가며 눈동자가 드러났다.

사내의 눈은 똑바로 이혁을 보고 있었다.

그의 입가엔 흥미롭다는 기색이 완연하게 담긴 미소가 떠올라 있었다.

사내와 눈이 마주친 이혁의 안색이 돌처럼 딱딱해졌다.

그 순간,

무시무시한 힘이 실린 무언가가 소리 없이 그의 뒷목과 옆구리를 쳐 왔다.

이혁의 몸이 탄환처럼 앞으로 1미터를 전진한 후 앉은 자세 그대로 우측 방향으로 공중회전했다. 그가 머물던 허공을 헛되이 친 손과 발을 거둔 두 사내가 발끝으로 지면을 박차며 그를 따라붙었다.

회색 양복을 입고 있는 사내들은 삼십대 중반쯤으로 보였는데 머리카락이 짧았고, 얼굴에 표정이라고 할 만한 것이 없는 데다 눈동자 또한 움직임이 거의 없었다.

움직이지 않고 있다면 마네킹으로 오인했을 법한 외모였다. 그러나 그들은 마네킹이 아니었고, 움직이는 속도는 이혁과 비교해도 전혀 뒤지지 않았다.

몸을 회전하며 자신을 따라붙는 자들을 본 이혁의 얼굴에 놀란 기색이 뚜렷하게 떠올랐다. 사내들이 뿜어내는 기파는 그에게 익숙했다.

'그것들……? 아니다. 이들은 살아 있는데……?'

보통 사람의 호흡보다 깊고 느리긴 했지만 저들은 분명 숨을 쉬고 있었고, 심장도 뛰고 있었다.

하지만 더 이상 생각은 이어지지 못했다. 주먹과 발이 가공할 속도로 그를 향해 날아들었기 때문이다.

여유 있게 상념에 잠긴 상태로 받아넘길 수 있을 만큼 만만한 공격이 아니었다.

이혁은 이를 악물었다.

그를 공격하는 자들의 속도는 회피하기 어려울 만큼 빠르고 위력적이었다. 이런 자들을 상대로 뒤로 물러나면 반격의 기회를 찾기가 어려워질 게 뻔했다. 적들의 수준은 그와 많은 차이가 나지 않았다.

이들은 앞에 상대한 자들과는 차원이 다른 고수들인 것이다.

타타타타타탁!

팔꿈치와 어깨, 정강이와 발이 서로의 공격을 막고, 연이어 상대를 때리며 마치 쉬지 않고 북을 치는 듯한 소리가 났다.

부딪칠 때마다 쇳덩이에 맞는 듯한 충격이 전신으로

전해져 왔다.

 천강귀원공의 화결(化訣)로 대부분의 힘을 흘렸기 때문에 남은 여파는 십 중 하나둘에 불과한데도 그 충격이 만만찮았다. 그리고 전해지는 충격 또한 저들의 기파만큼이나 익숙했다. 겪어본 적이 있는 것이었기 때문이다.

 이를 악문 이혁의 턱선이 굵어졌다.

 '살아 있다는 것만 다를 뿐, 이놈들은 그것들과 같은 과정을 거친… 괴물들이다.'

 이들은 분명 그가 무역전시관에서 제거했던 괴물들과 같은 과정을 거쳐 힘을 얻은 자들이었다.

 그때였다.

 짝짝짝짝!

 경쾌한 박수 소리가 들리며 파상적으로 공격하던 두 사내의 움직임이 거짓말처럼 멎었다. 그들은 바람처럼 이혁으로부터 2미터가량 물러나며 정지했다.

"제천회의 떨거지들을 어렵지 않게 처리할 때 진짜라는 걸 인정하긴 했지만 이렇게 코앞에서 보게 되니까 그때와는 느낌이 상당히 다르군."

낮고 굵은 음성.

박수 친 손을 내리며 이혁을 향해 몇 걸음 다가서는 사내는 이혁과 비슷한 키에 체격이 건장한 사십대 중년인이었다. 어깨가 철탑이라도 떠받칠 수 있을 것 같은 느낌을 받을 정도로 탄탄했고, 눈빛이 강했다.

후지와라 타케시였다.

그는 이혁과 2미터 떨어진 곳에서 걸음을 멈추었다.

이혁은 똑바로 부딪쳐 오는 사내의 눈을 바라보며 이맛살을 찌푸렸다. 사내의 한국어는 능숙했지만 보통 사람과 미묘한 점에서 차이가 났다.

그는 찌푸린 얼굴을 펴며 무심한 어조로 물었다.

"일본인인가?"

타케시는 빙긋 웃으며 고개를 끄덕였다.

"귀가 밝군. 절반만 맞았네. 민족으로 따지면 일본인이지. 하지만 국적은 그 나라가 아닐세."

그는 자신의 국적을 말하지 않았다. 말해줄 생각도 없었지만 상대인 이혁이 알고 싶어 하는 기색을 보이지 않았던 것이다.

그가 연이어 물었다.

"자네는 어느 무맥의 전승자인가?"

이혁은 어깨를 으쓱했다.

"당면한 상황을 입으로 해결하는 스타일로는 보이지 않는데?"

타케시는 눈을 크게 떴다. 그리고 크게 웃음을 터트렸다.

"와하하하하하, 우문에 현답이로군. 오랜만에 쓸 만한 솜씨를 가진 자를 만나서 내가 평소보다 흥분했네. 자네 말이 맞아."

웃음을 멈춘 타케시의 눈빛이 독사의 그것처럼 차갑게 번들거렸다.

"대화는 조금 후에 하세. 사실 나도 말보다 주먹을 선호하는 성향인데 잠시 나답지 못했네. 자네 팔다리를 부러뜨려놓고 시작하면 좀 더 대화가 부드러워지지 않을까 싶군."

이혁의 입가에 서늘한 비웃음이 떠올랐다.

"우리나라 속담에 길고 짧은 건 대봐야 아는 법이라는 말이 있다."

타케시가 눈을 껌벅이더니 고개를 끄덕였다.

"처음 듣는 속담이지만 무슨 뜻인지는 알겠네. 일단 승부를 내자는 말이지? 자네가 원하는 대로 해주겠네."

그는 뒤로 세 걸음을 물러났.

제자리에 말뚝처럼 우뚝 서 있던 두 사내가 타케시가 물러난 만큼 이혁의 좌우로 접근했다. 크고 거침없는 걸음에서는 조심성이라고는 눈곱만치도 느껴지지 않았다.

자신감이 지나쳐 오만하게까지 느껴지는 몸짓.

그들을 돌아보는 이혁의 눈빛이 강해졌다.

저들이 지닌 자신감의 근원을 그는 너무도 잘 알고 있

었다.

그들의 몸은 어지간한 타격으로는 흠집조차 낼 수 없을 만큼 단단해서 사람이 아니라 탱크처럼 느껴질 정도였다. 몸만 단단한 게 아니라 기이할 정도로 전투력도 높았다.

몸놀림은 무술의 기격을 따랐다. 하지만 기격에 담긴 힘은 수련으로 얻을 수 있는 것과는 근본이 달랐다. 근육과 내경에서 끌어내는 힘이 아니었다. 게다가 힘에 담긴 파괴력의 강력함은 상식을 가볍게 넘어섰다.

그는 이미 저들과 흡사한 자들과 몇 번이나 싸우며 그들이 지닌 능력을 온몸으로 경험한 사람인 것이다.

'이놈들은 전시관의 괴물들보다 더 위험하다. 그것들은 이미 죽은 몸이어서 임기응변을 할 줄 몰랐다. 하지만 이자들은 살아 있어.'

그의 눈 깊은 곳에 긴장된 기색이 떠올랐다.

'응변이 가능하고 변칙을 사용할 수 있다. 게다가 저 자의 몸에서는 화약 냄새가 난다. 총을 갖고 있는 것이겠지. 틈을 주면 돌이킬 수 없는 상황으로 내몰릴 거야. 최대한 빨리 결착을 봐야 한다.'

그의 호흡이 깊어지며 가뜩이나 미약하던 가슴의 기복

이 아예 멈추기라도 한 것처럼 낮게 잦아들었다.

 큰 걸음으로 그를 향해 접근하던 자들의 속도가 조금씩 느려졌다. 그들은 이맛살을 찌푸리며 자세를 낮추었다.

 이혁은 그저 우두커니 서 있을 뿐이었다. 하지만 두 사내가 느끼는 건 많이 달랐다. 아무렇게나 서 있는 듯한 이혁의 몸 어디에서도 허(虛)가 보이지 않았던 것이다.

 텅 빈 듯하면서도 가득 차 있는 그런 느낌은 그들의 움직임을 은연중 강하게 제약하고 있었다.

 이혁은 흑암천관령을 자신이 익힌 극한까지 끌어올렸다.

 5성에 막 발을 들여놓은 수준이라 공간을 의지의 지배 하에 놓을 수는 없었지만 눈을 돌리지 않고도 접근하는 자들의 미세한 움직임을 놓치지 않을 수 있었다.

 동시에 그는 발바닥에 정신을 집중했다.

 그는 전시관에서 그리고 몇 달 선 오토바이를 타고 그를 공격했던 폭주족을 상대할 때 사용했던 무예를 펼칠 준비를 하고 있었다.

 폭뢰경혼추(爆雷驚魂鎚).

 앞선 싸움에서 그는 단지 폭뢰경혼추에 담긴 여러 요

결 가운데 하나인 전사경을 응용해서 손을 썼을 뿐이지만 지금은 달랐다.

그는 온전한 폭뢰경혼추를 사용하려 하고 있었다.

폭뢰경혼추의 진정한 힘은 대지(大地)에서 나온다.

암왕사신류에 비전되는 전사력(纏絲力)은 신체의 나선운동에서 나오는 것이 아니다.

끊임없이 회전하며 움직이는 육체와 두터운 내경이 조화를 이룰 때 육신은 딛고 있는 발을 통해 대지와 일체를 이룰 수 있다.

대지와 일체를 이룬 육신으로부터 일어나는 전사경은 몸만으로 만들어내는 것과는 차원이 다른 파괴력을 갖는다.

폭뢰경혼추는 그것을 실전에 사용할 수 있도록 구체화한 수법이었고.

이혁에게서 위험한 느낌을 받은 두 사내는 이 싸움이 오래 지속되지 않을 거라는 걸 본능적으로 느낄 수 있었다.

공격의 기회는 한 번뿐일 것이고, 실패한다면 뒤가 없을 거라는 걸 깨달은 것이다. 그들은 자신들이 쓸 수 있는 가장 강력한 기법을 사용해야 한다는 것도 동시에 느졌다.

두 사내는 동료를 보며 고개를 작게 끄덕였다.

이심전심이었다.

쿵!

오른쪽 사내가 무서운 기세로 지면을 박차며 한쪽 어깨를 세우고 이혁을 향해 달려들었다. 전신의 힘 어깨에 실은 채 와락 달려드는 사내에게서 거대한 산봉우리가 무너져 내리는 듯 막강한 기세가 느껴졌다.

그와 동시에 왼쪽 사내는 이혁에게 다가서며 복싱의 스트레이트와 비슷한 주먹을 번갈아 내질렀다.

그들의 공격은 처음과 달리 그리 빠르지 않아서 눈으로 보고 쫓을 수 있었다. 몸이 빠른 사람은 피하는 것이 가능하게 보였다.

그러나 이혁의 안색은 점점 더 무겁게 가라앉았다.

사내들이 사용하는 수법은 그가 준비하고 있는 폭뢰경 혼추와 크게 다르지 않은 내적 기반을 가진 것들이었다.

기세의 압박으로 피할 수 있는 모든 방위를 틀어막고 있을 뿐만 아니라 억지로 회피한다면 그 뒤부터는 방어에 급급하다가 쓰러질 수밖에 없는 다음 수가 준비되어 있었다.

정면으로 받는 것 외에는 다른 방어법이 존재하지 않는 것이다.

문제는 정면으로 받아내는 것도 쉽지 않을 만큼 사내들의 어깨와 주먹에 담긴 파괴력이 약하지 않다는 데 있었다. 약하긴커녕 힘으로 부딪쳤다가는 온전할 거라고 장담할 수 없을 만큼 무시무시한 힘이 담긴 공격이었다.

'단순히 기괴한 방법으로 몸만 강화시킨 자들이 아니다. 이들은 혹독한 수련을 통해 제대로 된 무예를 익혔어.'

한순간 그의 호흡이 끊겼다.

폭뢰경혼추는 두 가지 요결로 이루어져 있다.

사량발천근을 근간으로 하는 경혼결과 경력을 한 점에 집중시켜 파괴와 관통력을 발휘하는 폭뢰결이 그것이다.

굳건하게 땅을 밟고 있던 이혁의 발목이 미묘하게 비틀렸다. 동시에 그는 두 팔을 들어 올려 오른손을 공격해 오는 자의 어깨에 부드럽게 얹었다. 그리고 왼 손바닥은 다른 자의 손목 아래에 붙였다.

나비가 꽃잎 위에 앉는 것처럼 무게가 느껴지지 않는 접촉이었다.

상대와 접촉한 곳에서 그들이 쓰는 힘의 크기와 방향

이 손에 잡힐 듯 전해져 왔다. 내가권사들이 흔히 얘기하는 점(粘)과 청(聽)의 기법이었다.

이혁은 접촉한 손을 통해 쏟아져 들어오는 상대의 힘에 저항하지 않았다.

그의 내부가 막강한 힘에 휩쓸리는 듯했다. 그러나 힘을 놓아버린 이혁의 내부는 이미 텅 비어 있어 쓸려 나갈 것이 없었다.

쏟아져 들어온 상대의 힘은 그의 내부를 한 바퀴 휘돌고 힘을 잃었다.

그 순간 대지와 일체가 된 이혁의 발바닥에서 시작된 전사의 힘이 그의 내부에 들어온 힘과 화(化)하며 하나가 되었다.

그때 상대의 공세에 밀리는 것처럼 보이던 이혁의 손끝이 보일 듯 말 듯 꿈틀거렸다. 그리고 그를 공격하던 사내들의 어깨와 손의 각도가 미세하게 틀어졌다.

내가권의 축경(蓄勁)과 화경(化勁)이라 불리는 기법이 그의 몸에서 온전하게 구현된 것이다.

지켜보던 타케시의 얼굴에서 미소가 싸악하며 씻은 듯이 사라졌다.

사내들이 공격하고 이혁의 두 손이 움직인 일련의 과

정은 그리 빠르지 않았기에 그는 슬로우비디오 화면을 보듯 모든 것을 상세하게 지켜볼 수 있었다.

당연히 그는 지금 이혁이 무엇을 하고 있는지 대번에 알아차렸다.

그는 다혈질에 결벽증이 있어서 몸이 부딪치는 격투보다 총기 사용을 선호했다. 하지만 그건 단지 겉모습일 뿐이었다.

외면의 껍질을 하나 걷어내면 고도로 체계화된 일본 전통의 고류무술들을 섭렵한 당대 최고의 무도가 중 한 명이 나온다.

그런 고수가 타케시였다.

'타이료오바타[大漁旗]의 대원을 상대로 발경을 사용하겠다고?'

그의 눈에 불신의 기색이 떠올랐다.

점청축화(粘聽畜化)의 경(勁)이 물 흐르듯 이어지면 마지막은 발경으로 끝이 난다. 내가의 상승무공들이 갖는 전략의 당연한 수순이 그렇다.

하지만 그건 일반 수련 시나 약속된 대련 상황에서나 통하는 것이다. 생사를 건 실전에서 점청축화에 이은 발경을 사용할 정도의 내가고수는 전 세계를 통틀어도 몇

되지 않는다.

더구나 상대가 타이료오바타의 대원이라면 더욱 그렇다.

타케시의 불신은 자연스러운 것이었다.

타이료오바타의 대원들은 걷기 시작할 때부터 고류무술에 입문한다. 그리고 성장 과정에서 특수한 대법을 통해 정신과 육체가 강화된다.

백병전이라면 그들 개개인은 단신으로 군 특수부대 일개 중대를 상대할 수 있는 능력을 갖고 있었다.

그들은 당장 종합격투기 대회에 나가도 적수가 없을 정도로 강했고, 이미 무수한 실전에서 적을 죽인 경험을 갖고 있었다.

그런 상대를 대상으로 고전적인 내가권의 전투법을 사용한다면 그건 죽으려고 작정한 거나 마찬가지였다. 어설픈 발경은 반격의 단초만 제공할 뿐이기 때문이다.

단, 상대가 진설에나 나오는 내가권의 창시자들 정도로 경(勁)을 다룰 줄 아는 자라면 문제가 달라지겠지만.

타케시는 침묵하며 눈을 부릅떴다.

한순간도 놓치지 않겠다는 뜻이 그의 눈에 어려 있었다.

그는 부하들을 믿었다. 그리고 복면인이 진정 내가무공의 정수를 실전에서 사용할 수 있는 강자인지 확인하고 싶었다. 물론, 큰 기대는 하지 않았다.

하지만 그의 기대는 야속하게도(?) 기대 이상으로 충족되었다.

이혁이 사용한 내가권의 기법들은 경혼결이라는 이름 속에 발전 통합된 것이었다.

경혼결의 핵심은 사량발천근, 작은 힘으로 큰 힘을 발휘하고 부드러운 것으로 강한 것을 이기는 데 있다.

이혁을 가운데 두고 각(角)이 뒤틀린 사내들의 팔과 어깨가 그의 가슴과 등 쪽으로 흘렀다. 각이 비틀리면 필연적으로 따라오는 것이 중심이 흔들리는 것이고, 그것은 균형의 상실로 이어진다. 균형이 상실된 몸은 허리 아래의 힘, 지지력이 약해진다.

가슴 앞으로 주먹을 흘린 이혁의 팔꿈치가 상대의 팔을 위로 걷어 올렸다. 드러난 겨드랑이의 틈새를 뚫고 이혁의 손바닥이 상대의 관자놀이에 닿았다.

동시에 그의 등 뒤로 흐른 사내가 중심을 되찾기 전 몸을 반회전한 그의 팔꿈치가 사내의 명치에 틀어박혔다.

두 사내에 대한 그의 공격. 손바닥이 관자놀이에 닿고,

팔꿈치가 명치를 찌른 것은 시간차가 없이 이루어졌다.

그의 몸 안에 흘러들어 왔던 사내들의 힘과 하나로 화(化)한 그의 내력이 손바닥과 팔꿈치의 한 점에 모이며 가공할 기세로 경을 쏟아냈다.

폭뢰결이었다.

콰직!

쿵!

바위가 쪼개질 때나 날 법한 소리가 들리며 얼굴의 반이 뭉개지고 가슴이 함몰된 두 사내가 폭탄에 맞은 것처럼 반대 방향으로 날아갔다.

우당탕쿠당탕!

요란한 소리와 함께 땅에 떨어진 사내들이 몇 바퀴를 구르다가 멈췄다.

"후우우우……."

이혁은 길게 숨을 몰아쉬었다.

한순간 절대적인 집중이 이루어졌다가 그것이 깨어지며 그의 눈 밑이 거무스름하게 물들었다. 그가 쏟은 정신력과 내력이 얼마나 컸는지 알려주는 징표였다.

타케시의 입이 절로 벌어졌다.

"허어, 정말 쓰는군… 봤는데… 믿어지지가 않는군."

　　　　*　　　　*　　　　*

 갑하산 아래에 차를 주차시킨 윤성희는 등산로가 아닌 길을 택해 산을 올랐다. 이수하는 가타부타 묻지 않고 윤성희를 따랐다.

 윤성희는 그녀가 서 있는 곳을 중심으로 사방 10미터 정도 이내에서 이루어진 과거를 볼 수 있는 능력을 가지고 있다.

 그녀가 택한 길은 앞서간 자들의 모습이 영상처럼 남아 있는 길이었다. 길을 잘못 선택할 가능성은 애당초부터 없는 것이다.

 길을 오르는 윤성희의 안색이 무거워졌다.

 그녀가 걷는 속도를 올리며 입을 열었다.

 "복면인을 추적하는 자들이 한둘이 아니야. 여러 조직이 꼬리에 꼬리를 물고 있어. 하나같이 평범한 솜씨를 가진 자들도 아닌 것 같고. 복면인의 능력도 대단하지만 이 정도 숫자면 위험하겠어."

 "몇 명이나 되는데?"

 "거의 오십 명은 되는 것 같아."

"오십?"

이수하가 놀란 얼굴로 윤성희를 보았다.

"그렇게 많아?"

윤성희는 고개를 끄덕였다.

"대충이야. 더 많을 수도 있어. 내가 보는 건 이곳을 통과한 자들뿐이니까. 다른 길로도 움직인 자들이 분명 있을 거야."

이수하는 입술을 질끈 깨물며 다리에 힘을 주었다.

그녀의 걸음이 빨라졌다.

"같이 가."

윤성희도 속도를 올렸다.

* * *

타케시의 혼잣말에는 진한 불신과 숨길 수 없는 감탄이 뒤섞여 있었다.

이혁은 쓰러진 자들을 한 번씩 둘러보고는 그에게 시선을 돌렸다.

타케시가 앞으로 두 걸음 나섰다. 꾹 다문 그의 입술은 더 이상 열릴 기미를 보이지 않았고, 똑바로 부딪쳐

오는 눈빛은 차갑고 단단하게 빛났다.

이런 상황에서 무슨 말이 더 필요할까.

이혁은 타케시의 일거수일투족에 주의를 집중하면서도 쓰러진 자들에 대한 기척도 놓치지 않았다. 그가 전시관에서 경험했던 자들과 달리 저들은 살아 있었지만 능력의 본질은 다르지 않았다.

그렇다면 그가 준 타격이 저들을 완전히 무력화시키지 못했을 가능성이 있었다.

'한 타임만 여유가 있었어도.'

이혁은 속으로 아쉬움을 삼켰다.

두 사내를 쓰러뜨리고 나서 그가 연이어 공격을 하지 못했던 건 자신의 공격에 그들이 완전히 무력화되었으리라고 확신했기 때문이 아니었다. 그렇게 생각하기엔 그가 이전에 겪은 괴물들의 생존력이 끔찍할 정도로 강했다.

그의 공격 중지는 상대의 죽음에 대한 확신 때문이 아니라 타이밍이 맞지 않았기 때문이었다.

그는 폭뢰경혼추의 일격에 전력을 쏟아부은 탓에 잠시 탈진했고, 기력을 회복했을 때는 타케시가 이미 전투 준비를 마친 상태였던 것이다.

탈진은 찰나지간 회복되었지만 그사이 타케시는 이미 전투 준비에 들어갔다. 능력을 파악하지 못한 타케시라는 자를 무시하고 저들을 계속 공격하는 건 위험부담이 너무 컸다.

 타케시의 입가에 희미한 미소가 떠올랐다.

 이 나라에 도착한 이후 지금까지 그는 다이키와 관련된 것이라면 아무리 사소한 것이라도 철저하게 조사했었다. 그래서 복면인(이혁)이 마루타들과 몇 번을 싸웠었는지, 그 결과가 어떻게 되었는지 누구보다도 잘 알고 있었다. 덕분에 지금 그가 어떤 생각을 하고 있는지 짐작하는 건 어려운 일이 아니었다.

 그는 천천히 주먹을 거머쥐었다.

 그가 부하들과 함께 이혁을 공격했다면 싸움을 유리하게 이끌 수 있었을 것이고, 이길 가능성은 훨씬 더 높아졌을 것이다.

 하지만 그는 그렇게 하시 않았다.

 그것이 이성적이지도 합리적이지도 않은 선택이라는 걸 본인도 잘 알고 있었다. 그럼에도 그는 싸움에 끼어들지 않고 기다렸다.

 이유는 간단했다.

제3장 83

그는 복면인(이혁)이라는 맛있는 떡을 부하들과 나누어 먹고 싶지 않았다.

복면인(이혁)은 강했다. 질 거라고는 전혀 생각하지 않았지만 쉬운 상대라는 생각도 하지 않았다. 그러기에는 상대가 눈앞에서 보여준 강함이 추정하기 어려운 수준이었다.

그래도 그는 혼자 복면인을 상대하고 싶었다. 묘하게도 바로 이 순간 그의 가슴속에 오래전 사라졌다고 믿었던 무인의 본능이 일어난 것이다.

그는 자신의 감정이 후지와라 가문의 핏속에 흐르는 변덕스러운 기질 때문일지도 모른다고 생각하며 피식 웃었다.

우두둑!

손가락 마디가 퉁그러지는 소리가 기분 좋게 났다.

그는 이혁을 똑바로 보며 입을 열었다.

"오라!"

이혁은 차갑게 웃었다.

적이 오라는데 마다할 그가 아니다.

그가 한 발을 내딛자 타케시와의 사이에 있던 2미터의 거리가 찰나지간 사라졌다. 타케시의 코앞까지 단숨에 쇄도한 그의 주먹이 육중한 해머처럼 타깃의 머리와 가슴으로 날아들었다.

타케시의 상체가 흐릿해지는가 싶더니 그의 모습이 세 개로 겹쳐서 생겨났다. 무섭게 빠른 상체의 좌우이동이 만들어낸 잔상이었다.

이혁의 주먹이 수도로 바뀌며 타케시의 관자놀이와 목으로 날아들었다.

타케시도 피하고만 있지는 않았다.

허리를 비틀어 이혁의 공격을 흘린 그는 이혁의 옆구리와 턱을 향해 주먹을 날렸다. 어깨가 뒤로 빠지는 예비동작이 전혀 없어 그의 주먹이 움직이는 모습은 용수철이 튀어 오르는 것을 연상시켰다.

공격과 회피가 동시에 이루어졌고, 어떤 자세에서도 균형과 중심은 무너지지 않았다.

평생 한 번 만날까 말까 한 고수의 풍모가 그대로 드러나는 움직임이었다.

그들 사이에 수십 개의 주먹과 손, 팔꿈치의 궤적이 한꺼번에 나타났다가 안개처럼 흐릿해지며 소멸하고 그 위에 또 다른 잔상들이 나타나 겹쳐졌다. 그러면서도 그것들은 한 번도 부딪치지 않은 채 등장과 소멸을 반복했다.

쐐애액.

파팟!

공기가 찢어지는 날카로운 파공음이 쉴 새 없이 공터를 울렸다.

이혁과 타케시의 숨소리는 들리지 않았다.

호흡을 할 시간이 없었다. 아무리 짧은 호흡이라도 지금은 치명적인 허가 될 수 있었기에 둘 다 숨을 쉬지 않고 있는 것이다.

두 사람은 일격 일격에 자신들이 배운 모든 것을 실었고, 무섭게 집중했다.

그들은 비록 찰나의 순간에 불과할지라도 집중력이 흐트러지는 쪽이 패할 수밖에 없는 싸움이라는 걸 잘 알고 있었다.

타케시는 이혁이 생각했던 것보다 더 한 고수라는 것을 알고 크게 놀랐다. 그는 벌써 삼백 번도 넘는 공격을 했지만 단 한 대도 성공시키지 못했다. 무수한 실전을 치룬 그가 해본 적이 없는, 새롭고 위험한 경험이었다.

놀라기는 이혁도 마찬가지였다.

일본인으로 추정되는 중년 사내(타케시)는 야차회륜박의 끝없이 이어지는 공격, 무한연환격의 폭풍 속에서도 침몰할 기미를 보이지 않고 있었다.

타케시는 스승의 가르침을 받은 후 어떤 싸움에서도 열 번 이상의 공격을 해본 적이 없는 그가 경험해 보지 못했던 진정한 고수였다.

배우고도 사용해 본 적이 없는 사문의 기법들을 실전에서 써보는 귀한 경험은 그의 무예를 전혀 기대하지 않았던 영역으로 이끌었다.

정신이 고도로 집중된 상태에서 일백여 회의 공격과 회피가 이어지던 시점에 그는 자신과 타케시의 움직임이 느려지는 것을 느꼈다. 현실은 오히려 쌍방의 공격과 회피의 속도가 점점 더 올라가던 때였다.

이해할 수 없는 현상이었지만 그는 이상함을 의식하지 못했다. 그의 의식은 무념무상(無念無想)의 상태였기 때문이다.

의식하는 모든 것이 느려지는 속에서 그는 머리끝에서 발끝에 이르는 온몸의 모든 근육과 뼈, 내부의 장기, 그리고 그 모든 것과 연결된 신경과 혈관의 움직임을 손으로 만지는 것처럼 지각할 수 있었다.

신체의 미세말단까지 인지한 상황은 사문 무예의 근원인 흑암천관령을 극도로 고양시켰다. 그렇게 고양된 천관령의 인지력은 피의 흐름과 세포의 움직임까지 자각하는 단계로 나아갔다.

머릿속은 비 온 후의 숲 속처럼 명료하고 고요해졌다.

몸은 격렬하게 움직이고 있는데 그의 내부는 산속의 선방에서 참선에 든 고승처럼 정적이 흘렀다. 차오르는 에너지는 그의 세포 구석구석까지 퍼져 나갔고, 신체의 영활함은 한계치까지 올라갔다.

공수가 이백여 회가 넘어갈 즈음, 그는 자신과 타케시의 움직임 사이에 미묘한 시간차가 생기고 있다는 것을 깨달았다.

자신이 움직이는 속도는 조금씩 정상적으로 인지되었다. 바람을 찢고 공간을 가르는 쾌속함이 온전히 전해져 왔다. 반면 타케시의 공격은 그리 빠르게 느껴지지 않아서 싸움이 시작될 때보다 회피하기가 용이해졌다.

삼백여 회의 공수교환이 지날 때 그는 타케시의 공격을 눈으로 보고 피할 수 있을 정도가 되었고, 완벽하게만 보였던 타케시의 자세에 미묘한 허와 파탄이 있다는 것을 알 수 있었다. 나아가 타케시와 그를 둘러싼 공간까지 시야에 들어왔다.

그는 자신이 어떤 상태에 있는지 자각할 수 있었다.

'기연이다.'

싸우고 있는 상황이 아니었다면 펄쩍펄쩍 뛰며 환호라도 했을 것이다.

5성의 초입에 머물러 있던 흑암천관령이 단숨에 5성, 6성을 넘어 7성의 경지에 들어서고 있었던 것이다.

흑암천관령이 경지를 높인다고 해서 갑자기 파워가 강해지거나 속도가 빨라지는 건 아니었다. 천관령은 정신공부였으니까. 그러나 천관령은 정신의 통합인지력이면서 의식과 무의식을 하나로 합일시키는 힘이어서 경지가 깊어지면 자신을 둘러싼 사물과 환경의 인지력이 올라간다.

육신에 대한 통제력도 비례해서 올라간다.

사람의 의지로 움직일 수 없다고 알려진 속 근육과 신경계와 같은 것들의 통제도 가능해진다.

천관령이 7성의 경지에 이르며 이혁의 인지력은 과거와는 다른 차원으로 접어들었다. 타케시의 주먹이 보통 사람이 내지르는 주먹질처럼 느리게 보이는 것이 그것을 증명하고 있었다.

상대의 움직임이 느려지고 나의 움직임은 빠르다면, 싸움은 어른과 아이가 싸우는 것처럼 된다.

'이 깨달음을 수습할 수 있는 며칠의 여유만 있었어도. 그랬다면 당장에라도 이 싸움을 끝낼 수 있었을 텐데.'

깨달음의 환희 뒤에 찾아온 것은 아쉬움이었다.

천관령의 진전을 몸으로 구현하기 위해서는 그것을 체화(體化)시켜야 했다. 깨달음을 얻었다고 당장 몸이 그것에 적응하는 건 불가능했다. 사람의 몸은 그처럼 단순하지 않은 것이다.

그때쯤 타케시도 이혁이 무언가 달라졌음을 느끼고 있었다.

상황이 변한 건 아무것도 없었다.

그는 아직 체력과 힘의 여유가 있었고, 공세는 파상적이었다. 그의 공격을 이혁이 아슬아슬하게 회피하는 것도 마찬가지였다. 하지만 분명 무언가 달라져 있었다.

타케시는 알려지지 않았을 뿐 실전무도의 일대 고수라 할 수 있는 인물이다. 그는 곧 이혁에게서 느껴지는 미묘한 변화가 어디에서 기인하고 있는지 알아차렸다.

'닿지 않는다. 일정한 거리가 유지되고 있어.'

그는 하마터면 충격 때문에 호흡을 할 뻔했다.

믿을 수 없다는 듯 부릅뜬 그의 눈에 바람 앞의 촛불처럼 흔들거리는 이혁의 모습이 들어왔다.

그의 손과 팔꿈치를 비롯한 모든 공세는 이혁의 몸과 0.3센티미터 정도 앞에서 변화하고 있었다. 적중되지 않아 또 다른 허점을 찾아가는 공격이었지만 공격의 지배권은 타케시의 의지를 벗어나 있었다.

이혁은 마치 자로 잰 것처럼 타케시의 공세를 무력화시키고 있었다. 타케시는 어쩔 수 없이 공세를 변화시킬 수밖에 없었다.

어느 순간부터 싸움을 지배하고 있는 건 이혁이었다.

타케시도 마침내 그것을 알아차렸다.

'이놈, 실력을 감추고 있었구나. 그런데 왜 싸움을 빨리 끝내지 않고 있는 거지?'

타케시는 등골을 타고 흐르는 전율과 의문을 느꼈다.

상대는 그의 눈을 속일 정도로 상상을 넘어선 초강자였다. 저 정도의 간격을 의지로 유지할 수 있는 자라면 그는 절대로 이길 수 없었다.

의문은 곧 분노로 변했다.

'나를 갖고 놀고 있었던 거냐! 이 개 자식이.'

악문 입술 끝으로 가는 핏물이 흘러내렸다.

그는 모멸감에 떨려오는 몸을 추스르기 위해 안간힘을 다해야 했다.

대련이 아닌 실전에서 강자가 약자와의 싸움을 빨리 끝내지 않는 경우의 해석은 하나뿐이다. 타케시가 생각한 것처럼 놀고 있는 경우가 그것이다.

진실과는 너무도 동떨어진 생각이었지만 타케시는 확신했다.

그것은 그의 탓이 아니었다.

그가 아니라 누구라도 이해할 수 없는 일을 이혁은 겪고 있었으니까.

스승이 살아 있었다면 몰라도 지금 이 세상에 이혁이 짧은 시간 동안 어떤 경지로 나아가고 있는지 알아볼 수 있는 사람은 아무도 없는 것이다.

타케시는 이혁이 깨달음을 몸으로 완전히 구현할 수 있는 수준이 아니라는 건 알아보지 못했다.

시간이 지날수록 이혁이 점점 더 많은 여유를 갖는 건 사실이었다. 하지만 그렇다고 해서 그를 단숨에 쓰러뜨릴 수는 없었다.

몸이 따라주질 않는 것이다.

그 간극을 알 수 없었기에 타케시의 오해는 깊어졌고, 분노도 커졌다.

제4장

타케시의 공세가 변했다.

그는 지금까지 자제했던 발과 무릎까지 이용해서 이혁을 공격했다. 태풍이 몰아치는 듯한 공세였다.

미친 폭우처럼 쏟아지는 타케시의 공세를 피하며 이혁은 아쉬움에 이를 지그시 물었다.

타케시의 공세가 변화한 타이밍이 묘했다. 멀리 쓰러져 있던 두 사내가 꿈틀거리며 일어나 그를 향해 다가오고 있었던 것이다.

한 명은 반쯤 으스러진 머리에서 박살난 뼈와 뇌수가 흘러나왔다. 다른 한 명은 가슴이 주먹 세 개 크기만큼 함몰되어 등과 붙어 있는 모습인데도 그들은 흔들림은커녕 멀쩡한 사람보다 더 안정되고 빠른 속도로 다가왔다.

이혁의 눈빛이 서늘해졌다.

그는 타케시와의 싸움이 얼마나 큰 기연인지 깨닫고 있었기에 가능한 오래 이 싸움을 지속하고 싶었다.

싸우는 와중에 그는 자신의 근육과 뼈가 재정렬하며 사문의 무예를 펼치기 가장 적절한 몸으로 변화하고 있음을 느끼고 있었다.

내뻗고 회피하는 몸의 움직임이 점점 더 자연스러워졌고, 마음이 움직이면 몸이 뒤를 따랐다.

또 다른 기연이었다.

지금의 깨달음을 몸으로 수습하기 위해 한적한 곳에 틀어박혔다면 얼마나 많은 시간이 필요할지 알 수 없었다.

타케시와의 싸움은 그렇게 필요했던 시간을 획기적으로 줄여주고 있었다. 깨달음과 몸의 조화를 완성시키기 위해서는 타케시와 함께 하는 시간이 더 필요한 것이다.

'여기까지로군.'

어느새 손발이 닿을 거리까지 접근한 사내들을 보며

그는 안타까움에 침을 삼켰다.

마음은 이 싸움을 더 하고 싶었다. 그러나 여건이 그것을 허락하지 않았다. 적이 타케시 한 명뿐이라면 더는 위협이 되지 않았다.

하지만 저 둘이 싸움에 합세한다면 얘기가 달랐다. 여유를 부렸다가는 내일 아침 뜨는 해를 보지 못할 것이다.

정면의 타케시가 주먹을 내지르며 이혁의 가슴으로 뛰어들었다. 그리고 무릎으로 사타구니를 찍어 올렸다.

동시에 좌우의 사내들이 이혁을 향해 두 팔을 벌리고 돌진해 왔다.

그들의 자세는 타격을 하려는 것이 아니었다.

이혁은 그들의 의도를 눈치챘다.

'잡아서 뭐겠다?'

저 정도의 고수 세 명이 함께 공격해 오는 상황에서 싸움을 오래 끄는 건 좋은 선택이 될 수 없었다. 잘해야 백중세일 뿐 우세를 점하기 어려웠고, 그런 상황이 지속되면 패배로 이어질 터였다.

최대한 싸움을 빨리 끝내야 했다.

결론은 났다.

'흑암천관령 7성이라면 그것을 펼칠 수 있다. 모험이

필요한 시간이야!'

일격필살!

이혁은 타케시의 공격을 피하며 우측으로 몸을 던지듯 이동했다. 자신을 잡으려는 자의 팔 안쪽으로 뛰어드는 것처럼 보이는 몸짓이었다.

기다렸다는 듯이 우측 사내가 상체를 숙이며 태클을 거는 듯한 자세로 그의 허리를 와락 부여잡았다. 그리고 손을 깍지 끼워 그의 몸을 조였다.

겉으로 볼 때 이혁의 두 팔까지 사내가 꽉 조이는 팔 안에 들어 있어 그는 옴짝달싹하지 못하는 지경에 처했다.

허리를 잡은 사내의 팔을 통해 가공할 완력이 느껴졌다.

불도저에 달린 쇠 집게에 잡히기라도 한 듯한 느낌이었다.

사내에 의해 몸이 고정되며 발생한 이혁의 순간적인 멈칫거림은 타케시와 좌측 사내에게 충분한 시간을 제공해 주었다.

좌측 사내의 몸통이 이혁의 척추를 향해 무서운 기세로 부딪쳐 왔고, 허공으로 뛰어오른 타케시는 팔꿈치를 수직으로 세워 이혁의 정수리를 내리찍었다.

파아앙!

압축된 공기가 터져나가며 비단 폭이 찢어질 때 들릴 법한 소리가 났다.

승부가 찰나지간에 갈릴 거라는 걸 그들도 잘 알고 있었기에 그들은 힘을 남겨놓지 않았다. 힘을 비축하다가 기회를 놓치면 싸움이 끝나는 것이다.

그 순간,

이혁은 참았던 숨을 토해내며 전신의 힘을 완전히 놓아버렸다.

그를 꽉 끌어안고 있던 사내의 눈에 당황한 기색이 떠올랐다.

힘을 놓아버린 이혁의 몸은 그의 막강한 완력에 의해 허리가 부러지거나 최소한 휘기라도 했어야 하는 게 상식이었다. 그러나 이혁의 몸은 휘지도 부러지지도 않았다.

그의 몸은 갑자기 미꾸라지라도 된 듯 사내의 팔 아래로 미끄러지듯 쑥 빠져 버렸다. 그 속도는 무섭게 빨라서 사내가 이혁이 빠져나갔다는 것을 알아차렸을 때는 이미 이혁이 두 다리를 일자로 벌리고 완전히 땅에 주저앉은 후였다.

 무영경 이십사절예 가운데 유가신공과 축골공의 정수를 기반으로 창안된 유사비은(流砂秘隱)이 시전된 것이다.

 땅에 주저앉으며 이혁은 자신을 끌어안았던 사내의 두 팔꿈치를 아래쪽에서 거머쥐었다. 무표정하던 얼굴이 시체처럼 허옇게 뜰 정도로 놀란 사내가 몸을 비틀어 빠져나가려고 했다. 하지만 타이밍이 한 발 늦었다.

 이미 그의 팔꿈치는 완전히 이혁의 장악하에 놓인 후였기 때문이다.

 이혁은 발버둥치는 사내의 힘이 움직이는 각도를 살짝 비틀었다.

 그제야 타케시의 팔꿈치가 이혁의 머리가 있던 자리를 찍었고, 척추를 공격하던 자의 몸통 공격이 도착했다.

 이혁의 움직임은 그렇게 빨랐다.

 그에 의해 팔꿈치 각도가 비틀린 사내의 몸이 팽이처럼 한 바퀴 돌며 상체가 앞으로 확 끌려 나왔다. 이혁과 사내의 위치 변환은 잔상조차 제대로 보이지 않을 만큼 빠르게 이루어져 비록 한순간이었지만 둘은 겹쳐진 모습으로 보였다.

타케시와 다른 사내가 변화를 알아차렸을 때는 그들이 공격을 회수할 수 있는 타이밍을 놓친 상태였다.

타케시와 다른 사내의 팔꿈치와 몸통이 앞으로 끌려나온 사내의 머리와 가슴을 가공할 기세로 쳤다.

콰직!

쿵!

공격이 부하의 몸에 적중된 순간, 타케시는 무언가 크게 잘못되었다는 것을 본능적으로 알아차렸다.

뇌의 어느 부분에선가 빨간색 경고등이 미친 듯이 번쩍이며 급박한 위기를 경고하고 있었다.

"으드득!"

악문 그의 입술 사이로 가루로 부서진 흰 이 가루가 보였다.

아래로 향한 그의 눈이 이혁의 눈과 마주쳤다.

그의 눈에는 첫 대면 때 볼 수 없던 증오와 분노, 좌절과 불신이 뒤엉켜 있었다.

이혁의 눈은 냉정하고 고요했다. 그의 눈은 이 싸움을 지배하고 있는 사람이 타케시가 아닌 그라는 걸 극명하게 드러내고 있었다.

부하를 친 팔꿈치를 통해 막대한 암경(暗勁)이 그의

내부로 거대한 해일처럼 밀려들어 오고 있었다.

항거하는 것이 불가능한, 믿을 수 없을 정도로 막강한 경력이어서 타케시는 눈을 부릅떴다.

뒤이어 그의 팔꿈치가 맞닿아 있던 부하의 몸이 무시무시한 폭발과 함께 산산조각이 났다.

콰쾅!

피와 육편이 분수처럼 타케시와 다른 사내의 몸을 덮었고, 폭발의 경력이 사방 2미터 이태를 광풍처럼 휩쓸었다.

콰우우!

"크확!"

"흐허헉!"

폭발에 휘말린 타케시와 사내는 입에서 덩어리진 핏물을 울컥울컥 토하며 3, 4미터를 날아가 구겨진 휴지처럼 땅에 나뒹굴었다.

이혁은 휘청거리며 자리에서 일어났다.

그의 안색은 백지장처럼 창백했다.

'구겁천뢰탄(九劫天雷彈). 무섭구나. 신중하게 써야겠다.'

그는 자신이 쓴 무예의 위력과 사용상의 난해함, 그리

고 자신에게 밀어닥친 후폭풍에 내심 혀를 내둘렀다.

구겁천뢰탄은 혈우팔법에 속한 공격형 무예다. 그것은 이혁이 알고 있으면서도 이전까지는 사용할 엄두도 내지 못했던, 절기(絕技)라는 말이 어색하지 않은 초상승 무예였다.

이 기법은 흑암천관령이 7성 이상에 도달하지 못하면 사용 자체가 불가능했다. 왜냐하면 구겁천뢰탄의 원리가 격산타우(隔山打牛)에 기반하고 있기 때문이었다.

격산타우는 경력으로 산 너머에 있는 소를 때린다는 말로 내가의 상승무예를 얘기할 때 간혹 언급되는 말이다. 하지만 그에 대해서는 대부분 오컬트적이라는 비아냥을 할 뿐 실재하는 무예의 기법으로 여기는 사람은 거의 없다.

그들을 뭐라 할 수도 없는 것이 영화나 소설이라면 몰라도 현실에서 격산타우를 펼치는 무인은 나타난 적이 없는 것이다.

이름도 있고, 구현될 때의 형태도 있지만 환상처럼 여겨지는 경지, 그것이 격산타우다.

그것은 환상이 아니다. 하지만 환상만큼이나 구현하기가 난해한 기법이고 경지다.

이유는 그리 복잡하지 않다.

격산타우를 펼치기 위해서는 사물에 대한 인지능력이 가히 초인지경에 도달해야 가능하다.

내 몸을 완벽하게 파악하고 나와 연결된 대지와 타자(他者)의 몸까지도 내 몸과 동일하게 인지할 수 있어야 한다.

그 정도로 인지능력이 확장되어 있지 않다면 격산타우는 환상일 수밖에 없다.

내 몸에 힘을 쓸 때와 동일한 감각과 힘의 전달이 타자에게 가능할 때 격산타우는 이루어지는 것이다.

구겁천뢰탄은 그런 격산타우의 원리를 기반으로 창안되었고, 오랜 세월을 거치며 발전되었다.

이 기법은 타인의 힘을 내 몸 안에 받아들여 내 힘과 합하는[和] 것이 첫째 단계다. 그리고 그렇게 합해진 힘에 대지의 힘을 더해 상대에게 되돌린다. 그것이 천뢰(天雷), 하늘에서 떨어지는 벼락의 의미다.

구겁(九劫)은 상징적인 의미다.

목표와의 사이에 정해진 아홉이 아니라 수십, 수백의 장애물이 있더라도 그것을 투과해 목표에 도달하는 힘을 뜻한다.

탄(彈)은 구겁을 뚫고 천뢰처럼 떨어지는 기세이며, 원하는 장애물은 시전자의 의지로 파괴할 수 있음을 의미한다.

 이혁은 자신이 잡은 사내의 힘과 타케시의 힘, 그리고 다른 사내의 힘, 이 세 힘을 자신의 내경과 합한 후 대지력을 더해 쏟아냈다.

 첫 번째 장애물이 된 사내는 그 경력을 이겨내지 못하고 몸이 폭발했고, 폭발 직전 그와 팔꿈치와 몸통이 맞닿아 있던 타케시와 다른 사내는 자신들과 이혁의 내경이 합해진 경력을 몸으로 받았다.

 다섯 종류의 힘이 일원화된 구겁천뢰탄을 그들이 견뎌낼 수 있을 리가 없었다.

 이혁은 깊게 심호흡을 하며 텅 빈 내부를 추슬렀다.

 구겁천뢰탄은 한순간에 혼신경력을 쏟아내는 수법인데다 이론만 알고 있던 것을 펼친 것이라 그 여파가 장난이 아니었다.

 비록 잠시에 불과할 뿐이라 해도 구겁천뢰탄을 펼친 이혁은 완전한 탈진에 빠진 상태였다. 초상승의 기법을 통제할 수준이 되지 않는 무인의 한계였다.

 적들 중 한 명은 형체를 찾아볼 수 없는 시신이 되었

다. 그러나 아직 타케시와 다른 사내는 숨을 쉬고 있었다.

내부의 오장육부는 온전하지 않을 테지만 외관상 큰 상처는 보이지 않았다.

그들은 피를 게워내면서도 끊임없이 꿈틀거렸다.

아직 정신을 잃지 않고 있는 것이다.

'역시. 불완전해. 이곳을 벗어나면 가장 먼저 할 일은 깨달음을 수습하는 거야.'

구겁천뢰탄이 완전했다면 저들 또한 몸이 폭발한 자처럼 전신이 으스러졌을 것이다.

두어 번의 호흡으로 어느 정도 기운을 차린 이혁이 발을 떼려 할 때였다. 안색이 확 변한 그가 급격하게 어깨를 비틀었다.

푸슉!

방망이로 베개를 치는 듯한 둔탁한 소리와 함께 그의 왼쪽 어깨에서 핏물이 터졌다.

푸확!

이혁은 무서운 속도로 아직 살아 있는 괴물 같은 사내를 향해 몸을 날렸다.

푸슉— 푸슉—!

퍽!

예의 둔탁한 소리가 연이어 들리며 이혁이 서 있던 땅에 먼지가 풀썩풀썩 일었다.

이 정도 되면 자신을 공격하는 무기가 어떤 것인지 모를 수가 없다.

소음기가 장착된 총, 그것도 저격용 소총이었다.

땅에 엎드린 이혁은 쓰러져 있는 사내의 상체를 일으켜 앞에 세우고 그 뒤에 쪼그리고 앉았다.

푸슉! 푸슉! 푸슉!

연속되는 둔중한 총성과 함께 이혁이 앞에 세운 사내의 몸이 진저리를 쳤다. 그의 머리와 가슴에서 피가 튀었다. 그러나 피의 양은 많지 않았다. 이혁의 어깨에서 흘러내리는 핏물보다도 훨씬 적게 보일 정도였다.

놀랍게도 총알은 사내의 몸 안으로 깊숙이 들어가지 못했다. 총알은 튕겨 나간 건 아니었지만 몸에 박혀 있는 끝이 보일 만큼 얕게 박혀 있었다.

총상을 보며 사내의 등 뒤에 숨은 이혁은 이제 국적불명의 일본인들이 어떤 자들인지 확신할 수 있었다.

소총탄이 뚫지 못하는 신체를 소유한 인간.

불과 며칠 전 그는 이런 자들에 대한 얘기를 들은 적

이 있었다.

'대어기(大漁旗:타이료오바타)… 이들은 강 어르신께서 말씀하셨던 그자들이다, 형님들을 죽음에 이르게 한……'

시은의 할아버지이며 진혼의 수장인 강수찬은 이혁의 큰형 '이환'이 초인에 가까운 육체 능력을 가진 '타이요우'의 특수부대 '타이료오바타'의 요원들에 의해 암살당했다고 말했다.

그가 설명한 타이료오바타의 요원들은 칼이 몸에 들어가지 않는 강력한 육체와 극한의 살인 기법을 익힌, 사람이라고 생각하기 어려운 능력자들이었다.

이혁의 얼음과도 같은 눈길이 타케시를 향했다.

'그렇다면… 이자는 타이요우에서 왔다고 봐야겠군.'

타이요우는 형들을 죽음에 이르게 한 태양회의 진정한 배후라 할 수 있었다.

타케시는 정신이 혼미한 상태에서도 소름이 돋을 만큼 강렬한 살기를 느꼈다.

꿈틀거리던 그의 몸이 경직되었다. 마치 뱀을 만난 개구리와 비슷한 상태가 된 것이다.

타케시를 보는 이혁의 눈에 차가운 불길이 이글거렸다.

사로잡아 타이요우에 대한 것을 알아낼 수 있다면 좋겠지만 오늘 밤의 상황은 그에게 포로를 확보할 수 있는 여유를 주지 않았다.

어디서 누가 튀어나올지 알 수 없었고, 그들의 능력이 어느 정도인지 예상하기도 쉽지 않았다. 포로를 데리고 이동하는 건 지나친 모험이었다.

포로로 확보할 수 없다면 살려둘 이유가 없었다.

형들의 죽음에 관련된 자라면 그는 지옥 끝까지 쫓아가서 뿌리까지 뽑아줄 충분한 의사를 가지고 있었으니까.

하지만 그는 마음과는 달리 타케시를 잠시 동안 더 살려둘 수밖에 없었다.

푸슉! 푸슉! 푸슉!

낮고 둔탁한 소리와 함께 그가 앞에 세운 자의 몸이 낚시에 걸린 물고기처럼 펄떡거렸다.

생각은 끊어졌다.

일단은 자신을 향해 총을 쏘고 있는 자부터 처리해야 했다.

총알이 스쳐간 왼쪽 어깨가 불에 타는 듯 뜨거웠다.

'이 땅에서 총질이라니…….'

이혁은 분노에 사로잡힌 와중에도 한숨이 나왔다.

심야의 산속이라고는 해도 총기류 청정지역이라는 한국이다. 하지만 이혁은 곧 자신의 한숨이 부적절하다는 자각을 해야 했다.

평소라면 총기, 그것도 저격용 소총의 사용은 온 나라가 들썩일 큰일이었다. 그러나 지금은 그 정도의 일은 아무것도 아니라는 생각이 든 것이다.

초인적인 능력을 가진 자들이 속출하는 마당이다.

총질이 무슨 대수일까.

그의 시선이 멀리 떨어진 숲 속을 노려보았다. 산릉선이 물결치듯 내려왔다 올라가는 작은 계곡 사이 너머에 그가 찾는 것이 있었다.

'100미터 정도인가.'

짙은 어둠에 덮인 밤이라 총을 쏠 때마다 총구에서 작은 섬광이 번쩍이는 것이 그의 눈에 들어왔다.

그것을 이용해 거리를 재는 건 어려운 일이 아니었다.

시은과 생활하는 동안 그녀는 그에게 최정예부대의 군사훈련에 버금가는 수련을 시켰다.

'거리가 너무 멀군.'

그의 미간이 좁아졌다.

근접전이라면 설령 총기를 든 자들이라 해도 그는 어렵지 않게 처리할 자신이 있었다. 그러나 그가 익힌 무예의 타격 거리를 벗어난 상대라면 문제가 달라진다.

화기가 발견된 후 고대 무예들이 빠르게 소멸되어 간 데에는 여러 이유가 있었지만, 그중 하나가 지금 같은 상황에 적절하게 대처할 수 없었기 때문이다.

적이 원거리에서 먼저 발견하고 총을 쏘아대는 경우엔 비슷한 화기를 지니고 있지 않는 한 대응할 수 있는 적절한 방법이 없는 것이다.

그것이 무인과 군인이 싸우는 경우에 적용되는 보통의 상식이었다.

이혁은 잠시 타케시를 돌아보았다.

타케시는 여전히 간헐적으로 몸을 움찔거릴 뿐 정신을 차리지 못하고 있었다.

'1분이면 다녀올 수 있다.'

이혁은 발밑에 널려 있는 부러진 나뭇가지들 중 다른 것에 비해 굵고, 긴 두 개를 집어 앞에 앉아 있는 자의 등을 받쳤다. 나뭇가지들이 지게 작대기처럼 지지하자 사내는 고개를 푹 숙인 채 앉은 모양새가 되었고, 이혁이 손을 떼도 넘어지지 않았다.

사내의 몸이 안정된 다음 순간, 이혁의 몸이 어둠과 하나가 된 것처럼 흐릿해지는가 싶더니 꺼지듯 그 자리에서 사라졌다.

섬뢰잠영공으로 몸을 가볍게 하고 암향무영으로 어둠과 동화된 후 사신암행으로 기척과 기세를 죽인 그는 고양이처럼 가볍고 날렵한 움직임으로 목표를 향해 치달렸다.

땅에 나뭇가지와 떨어진 잎들이 지천으로 깔린 숲 속임에도 소음은 전혀 나지 않았다. 게다가 그가 움직이는 속도는 단거리 육상 선수가 전력으로 질주하는 것에 버금가서, 섬광을 보았던 지점 부근까지 도달하는 데는 십여 초도 걸리지 않았다.

에르마베르크의 야간 조준경으로 목표를 보며 쉴 새 없이 방아쇠를 당기던 김정균이 무언가 이상하다는 것을 알아차린 건 이혁이 움직이고 난 직후였다.

앞에서 총알받이를 하던 자의 몸이 눈도 깜박이지 않았는데 방금 전보다 날씬해져 있었다. 이런 경우는 하나

뿐이었다. 뒤에서 몸을 숨기고 있던 자가 사라진 것이다.

그의 안색이 확 변했다.

'언제……?'

한시도 눈을 떼지 않고 목표물을 보고 있는 와중이었다. 그런데도 그는 이혁을 놓친 것이다. 믿어지지 않는 일이었다. 그러나 현실은 그의 믿음을 간단하게 배신하고 있었다.

그는 사격을 멈추고 빠르게 엎드려 있던 상체를 일으켜 앉았다.

그가 목표로 한 이혁은 전투의 스페셜리스트였다. 사실 그런 수식어로도 제대로 설명하기 어려운, 사람이라기보다는 전투 병기에 가까운 것이 이혁이었다.

그것이 오늘 밤 이혁을 지켜본 김정균이 이혁에 대해 내린 평가였다.

가벼운 마음으로 사전에 점찍어둔 이혁의 집 근처 저격 지점으로 가던 그는 자신 외에도 적지 않은 수의 남자들이 새파란 고등학생의 뒤를 은밀하게 따르는 것을 발견했다.

상황이 심상치 않게 돌아간다는 것을 직감한 그는 저격 지점으로 가는 대신 거리를 두고 상황을 지켜보며 은밀하게 이혁과 남자들의 뒤를 따랐다.

그리고 노은동에서부터는 뒤를 따르는 것도 포기하고 경찰 무전을 도청하는 쪽으로 추적 방법을 전환했다.

이혁의 뒤를 따르는 자들은 철저하게 훈련받은 전문가들이었고, 패거리도 하나둘이 아니었다.

움직임을 보면 그들의 목적도 이혁이었다.

단지 생포인지 죽음인지가 명확하지 않을 뿐이었다.

그에게 총이 있었지만 수적으로 상대가 되지 않았고, 저들도 총을 가지고 있지 말라는 법이 없었다.

그런 자들의 뒤를 계속 따르는 건 너무 위험했다.

게다가 이혁이 노은동의 저택에서 나온 후부터는 상황이 급박하게 변화해서 뒤를 따라다니는 것으로는 청부받은 일을 완수하기 어렵다는 판단도 한몫했다.

그의 판단은 옳았다.

도청한 무전을 통해 그는 이혁이 움직이는 방향을 예측할 수 있었고, 누구보다 먼저 산에 들어와 은신하는 데 성공했다.

은신한 그는 자신의 뒤를 이어 산에 들어온 자들과 그 이후 도착한 이혁의 싸움을 지켜볼 수 있었다.

싸움이 시작되기 전 그는 청부가 실패했다고 생각했

다. 그가 볼 때 이혁은 자신이 손을 대기 전에 다른 자들에게 죽을 수밖에 없었다.

수적 차이가 극심한데다가 은신 공격하는 자들의 솜씨가 범상치 않았기 때문이었다.

하지만 그의 예상은 간단하게 깨졌다.

이혁은 공격하는 모든 자를 쓰러뜨렸다.

'빌어먹을, 욕심이 과했나. 그때 빠져나갔어야 했을까……?'

김정균은 입안이 바짝 마르고 간이 오그라드는 기분이었다.

야간 투시경으로 지켜보다가 이혁도 타격을 받았다는 것을 알아차리는 순간 방아쇠를 당겼는데도 그의 어깨를 스치는 것에 그쳤다. 그리고 지금은 종적도 놓쳤다.

'저 새끼, 고딩 맞아……? 뭐 하던 놈이기에… 사람 같지가 않잖아!'

비명이라도 지르고 싶었지만 지금은 그럴 시간도 없다.

먼저 발견하지 못하면 이번엔 자신이 당할지도 모르는 것이다.

엎드려 쏘는 자세에서 한쪽 무릎만 땅에 댄, 앉아쏴

자세로 전환한 그는 개머리판을 어깨에 붙이고 투시 성능이 있는 조준경에 눈을 갖다 댄 채 좌우를 세밀하게 훑어갔다. 이마에서 흘러내린 땀이 눈썹을 타고 눈으로 조금씩 스며들었지만 그는 눈도 깜박이지 못했다.

이혁이 얼마나 빠른지 이미 본 후인 것이다.

그는 평생을 통해 몸에 익힌 모든 기술과 감각을 총동원했다. 그것은 상당히 괜찮은 수준이었지만 상대가 너무 나빴다.

전 세계를 통틀어도 타격 거리를 확보한 이혁을 단독으로 상대할 수 있는 자가 극소수에 불과하다는 것을 그는 알지 못했다.

막 상체를 회전시키던 김정균의 안색이 똥색으로 변했다.

바로 그의 오른쪽 어깨 옆에 유령처럼 이혁이 서서 내려다보고 있었다.

그는 반사적으로 총구를 이혁에게로 움직이려 했지만 그것이 가능할 리가 없었다. 그의 총구가 1센티미터를 움직이기도 전에 이혁의 두 손이 먼저 그의 턱과 뒷머리를 잡더니 수건을 비틀 듯 털어댔다.

우두둑.

목뼈가 수수깡처럼 부러진 김정균이 혀를 길게 빼물며 스르르 땅으로 쓰러졌다.

그의 몸이 땅에 닿기도 전에 이혁의 몸이 어둠 속에 녹아들 듯 사라졌다.

단숨에 100미터를 주파한 이혁은 타케시가 쓰러져 있던 장소에 도착했다.

그의 눈이 커졌다.

그 자리에 타케시는 없었다.

십여 미터를 이동해 능선의 뒤로 숨어들고 있던 타케시가 몸을 돌려 이혁을 향해 권총을 겨눴다.

이혁은 쉽게 움직이지 못했다.

타케시의 몸은 정상이 아니었지만, 그는 최고 수준까지 무도를 익힌 자였다. 그리고 싸우며 자신의 움직임에 어느 정도 익숙해지기까지 했다.

그런 자가 총기를 사용한다면 방금 전 처리한 저격수보다 오히려 까다로울 터였다.

문제는 그뿐만이 아니었다.

그의 총알받이 역할을 했던 남자가 타케시의 앞을 방패처럼 막아서고 있었다.

눈과 코, 귀와 입에서 피를 흘리며 상체에 십여 발의

총알이 박혀 있는 그의 모습은 보는 것만으로도 기가 질리게 할 정도로 괴기스러웠다.

'저 상태에서도 움직일 수 있다고……? 어처구니가 없는 몸뚱이로군. 대체 뭘 어떻게 했기에 사람의 몸이 저렇게 될 수 있는 거지?'

놀라운 한편으로 마음이 무거워졌다.

타이요우가 저런 자들을 몇이나 더 만들어냈는지(?) 알 수 없었기 때문이다.

타케시의 권총을 노려보며 그는 지그시 입을 물었다.

그는 속이 쓰렸지만 자신이 두 가지 실수를 저질렀다는 것을 인정했다.

기절한 척한 타케시의 연기를 알아차리지 못했다는 것과 총알받이 사내의 몸이 얼마나 단단한지를 정확하게 파악하지 못한 것이 그 두 가지였다.

그들이 복합되어 지금의 상황을 만들었다.

타케시는 계속 입가에 흘러내리는 핏물을 닦아내며 입을 열었다.

"우리의 싸움은 이쯤에서 끝내는 게 좋을 것 같군. 오늘만 날이 아니지 않나?"

힘은 없었지만 말투는 명료했다.

이혁의 굵은 눈썹이 꿈틀거렸다.

그의 잇새로 낮게 가라앉은 음성이 흘러나왔다.

"누구 맘대로?"

타케시는 턱짓으로 이혁의 뒤를 가리켰다.

"저쪽에서 어떤 일이 벌어지고 있는지 자네가 안다면 나에 대한 관심이 좀 수그러들지 않을까 싶네만."

타케시는 느긋하게 웃으며 말했다.

이혁의 미간에 주름이 잡혔다.

타케시가 턱짓을 했다고 고개를 돌릴 수는 없었다. 아무리 타케시의 몸 상태가 엉망이라 해도 한순간의 방심은 바로 황천행 예약 티켓이었다.

"무슨 소리냐?"

"자네 뒤를 따라 올라오다 보니까 몇몇 익숙한 얼굴들이 보이더군. 그 남자 이름이 아마 장석주였지?"

힘겹게 숨을 몰아쉰 타케시가 말을 이었다.

"현재의 진혼을 이끄는 남자라서 그런지 금방 알아보겠더군. 앙천과 혈해의 다음 대를 이끌 자들 얼굴도 보이고. 그런데 진혼의 상황이 좀 좋지 않았어."

말을 잇는 그의 입가에 희미한 미소가 걸려 있었다.

"전투가 시작되기 전이었지만 앙천에서 뒤를 내주는

척하면서 정예를 우회시키고 있더군. 진혼의 뒤를 칠 계획이겠지. 그런데 진혼 측에서는 그것을 모르고 있는 눈치더라고. 지금쯤이면 장석주라는 자가 피 구덩이에 누워 있을지도 모르는데… 관심 없나?"

타케시의 음성에는 여유가 있었다.

그가 한 얘기를 듣고 이혁이 어떤 반응을 보일지 예상하고 있지 않다면 보일 수 없는 여유였다.

그의 예상대로였다.

이혁의 안색이 눈에 띄게 변했다.

타케시가 그와 장석주의 관계를 어떻게 알게 되었는지 궁금증이 생겨야 정상이었지만 지금은 그런 생각을 할 수 없었다.

장석주가 위험하다는 말이 다른 모든 궁금증을 침묵시킨 것이다.

타케시는 천천히 권총의 총구를 땅으로 내렸다.

"자네가 더 이상 내게 집착하지 않는다면 나도 이대로 이 자리를 떠나지. 어떤가? 아! 그리고 나중에 혹시 궁금해 할 수도 있어서 말해주겠네만 자네가 내 시야에 잡힌 후로 꽤 열심히 조사를 한 편일세. 알아내지 못한 게 더 많겠지만 자네와 장석주가 심상치 않은 관계라는 건 파악할 수 있었네."

이혁은 입술을 깨물었다.

그는 눈앞의 일본인이 거짓말을 하고 있지 않다는 것을 느끼고 있었다.

편정호를 통해 들었던 동양계 외국인들의 동향이 뇌리를 스쳤다.

불안이 점차 그의 마음을 잠식해 갔다.

그가 무표정한 얼굴로 입을 열었다.

"가라."

타케시의 눈 깊은 곳에 안도의 기색이 떠올랐다.

그는 방금 전에 이루어진 짧은 대화를 위해 남은 심력 전부를 썼다. 다리가 후들거리고 금방이라도 쓰러질 것 같았다. 하지만 그는 버텼다. 지금 쓰러지면 죽도 밥도 되지 않는 것이다.

그는 권총을 허리춤에 꼽으며 천천히 뒷걸음질을 했다.

한 걸음 뒤로 내딛었을 때 이혁의 몸이 흐릿해지며 어둠 속으로 스며들 듯 사라졌다.

이혁이 사라진 자리를 노려보는 타케시의 눈이 벌겋게 물들었다.

실핏줄이 터진 것이다.

악문 입술 사이로 꽉 잠긴 목소리가 흘러나왔다.

"다시 만났을 때… 는 이렇게 보내지 않을 거라는 걸… 약속하마!"

낮게 중얼거린 그는 등을 돌렸다.

그와 총알받이 사내의 모습도 곧 어둠 속으로 사라졌다.

 장석주와 모용산은 산에 들어선 앙천 조직원들을 후미부터 공격했다.
 앙천이 적운기와 적무린을 경호하는 십여 명만을 제외하고, 다른 자들은 두세 명씩 무리를 지어 산개해 산을 수색하는 형태로 흩어진 틈을 기회라고 보았던 것이다.
 수적 우위도 확보했고, 구성원 모두가 진혼과 혈해의 정예들이어서 질 수 없는 싸움이었다. 하지만 싸움은 산개했다고 생각한 앙천 조직원들이 우회해서 오히려 그들의 뒤를 치면서 난전으로 치달았다.
 싸움의 향배를 결정지은 건 적무린이었다.

그동안 외부에 알려진 적무린의 실력은 그야말로 빙산의 일각에 불과했다.

그가 주먹만으로 싸울 때는 난전이던 것이 그가 검을 빼 들자 일방적일 정도로 싸움의 추가 급격하게 기울었다.

앙천이라면 이를 가는 혈해의 조직원들이 맹수처럼 그를 덮쳤지만 눈 몇 번 깜박일 사이에 시신으로 변했다. 그는 바로 모용산을 직격했고, 놀란 혈해의 조직원들이 모용산을 경호하려 했지만 모래로 쌓은 방파제가 해일을 막는 격이었다.

조직원 십여 명이 핏속에 눕고 적무린을 맞이한 모용산이 몇 번 공수 교환을 하자마자 오른팔이 잘린 채 쓰러졌다.

양 날개 중 하나인 혈해의 조직원들이 무너지는 것을 막기 위해 장석주는 진혼의 조직원들과 함께 결사적으로 앙천을 공격했다.

성과는 있었다.

모용산의 팔을 자르고 그의 목을 베려던 적무린이 칼날을 거둔 것이다. 하지만 그 뒤는 진혼에게 악몽의 시간이 되었다.

적무린이 성난 사자처럼 뛰어들자 진혼의 조직원들은 짚단 베이듯 목이 잘리고 가슴이 갈라진 채 쓰러져야 했다.

진혼과 혈해의 조직원들은 총기를 휴대하고 있었지만 그것을 사용할 틈은 없었다.

적무린이 휘두르는 칼날을 피하기에도 급급한 데다 그를 엄호하는 앙천 조직원들이 그것을 용납하지 않았던 것이다.

무서운 속도로 산을 내려오던 이혁은 전방에서 퍼져 나가는 섬뜩한 살기와 피 냄새를 맡을 수 있었다.

안색이 돌처럼 굳은 그의 걸음이 빨라졌다.

수십 미터를 더 내려온 그는 짙은 나무 그늘 아래서 걸음을 멈췄다.

그의 눈이 커졌다.

전방 이십여 미터 앞에 너른 공터의 지면의 색은 검붉었다. 얼마나 많은 피가 흘렀는지 한눈에 알 수 있는 모습이었다.

싸움은 이미 종막을 향해 치닫고 있는 중이었다.

십여 명의 남자가 주저앉아 있는 서너 명을 내려다보

고 있었다.

　서 있는 자들과 그렇지 않은 자들의 대비가 워낙 강렬해서 무리를 구분하려고 노력할 필요도 없었다.

　이혁의 눈은 싸움의 중앙에 꽂힌 채 움직이지 않았다.

　너무도 눈에 익은 남자가 가슴에 꽂힌 칼의 시퍼런 날을 두 손으로 잡은 채 비틀거리며 천천히 무릎을 꿇고 있었다.

　폭포수처럼 입가를 타고 흐르는 핏물과 흐트러져 이마에 달라붙은 머리카락들이 얼굴 윤곽을 가렸지만 어떻게 그 얼굴을 알아보지 못할 수 있을까.

　"아저씨……."

　이혁의 입술을 비집고 공허한 음성이 낮게 새어 나왔다.

　그 말을 들은 것일까.

　장석주의 고개가 이혁이 있는 쪽으로 돌아갔다.

　그의 입술이 달싹거렸다.

　음성이 흘러나오진 않았지만 이혁은 장석주의 입술 모양만으로도 그가 무슨 말을 하고 있는지 알 수 있었다.

　'달아나라…….'

　그것이 장석주가 이혁에게 남긴 마지막 말이었다.

장석주와 함께 고개를 돌린 적무린의 눈이 이혁을 보았다.

 그의 입가에 서늘한 비웃음이 걸렸다. 그리고 그의 손목이 살짝 비틀렸다.

 콰아악!

 장석주의 가슴부터 오른쪽 어깨까지 두 쪽으로 갈라지며 선홍빛 피분수가 하늘 높게 솟구쳤다.

 이혁은 자신과 마주친 장석주의 눈에서 단숨에 빛이 꺼지는 것을 보았다.

 찰나지간 그의 눈이 멍해졌다.

 상상도 못했던 장면이 눈앞에 펼쳐져 있었다.

 장석주도 피 구덩이에 누워 있는 진혼의 조직원들도 저렇게 죽어서는 안 되는 사람들이었다.

 그들은 개인적인 삶을 포기하고 어둠 속에서 이 나라를 위해 목숨을 걸고 싸워왔다.

 사사로운 이익이 아니라 대의(大義)에 목숨을 바친 사람들인 것이다.

 이혁은 아직 그들의 삶을 가슴으로 받아들이지 못했다. 또 저들과 이 나라를 보는 시각이 다른 사람들도 있을 터였다.

그렇다 해도 저들이 자신의 사사로운 이익이 아니라 대의와 신념을 위해 인생을 바쳤다는 사실은 변하지 않았다.

그것만으로도 그들은 존중받을 자격이 있었다.

저렇게 무참하게 죽어서는 안 되는 것이다.

그런 것을 다 떠나서 장석주는 형들이 가고 없는 지금, 시은과 함께 그의 가족이나 다름없는 사람이었다.

장석주는 방황하는 그를 한없이 넓은 가슴으로 보듬어 주고 묵묵히 지켜봐 주었다.

그가 있었기에 이혁은 폐인이 되지 않을 수 있었던 것이다. 그런데 가족이자 은인이라 여기던 사람이 눈앞에서 처참하게 살해당했다.

이혁의 마음속에서 무언가가 툭 하는 소리와 함께 끊어졌다.

멍하던 눈에 한(恨)이 어리고 이윽고 진한 핏빛으로 물들었다.

"으드득!"

악문 잇새로 흰 가루가 튀었다.

"죽인다!"

그의 억눌린 듯 둔탁하고 낮은 음성에 서린 소름 끼치

는 살기 때문이었을까.

주변의 공기가 차갑게 얼어붙었다.

적무린의 조각처럼 수려한 입가에 떠오른 웃음기가 진해졌다.

그의 입술이 살짝 열렸다.

"미친놈, 왜놈 몇 처리했다고 기고만장한 모양인데, 주제파악 좀 해라. 순순히 우리와 함께 가는 게 너도 좋고, 나도 좋아. 팔다리를 잘라서 머리와 몸뚱이만 데리고 가도 되지만 그러면 지저분한데다 손도 너무 많이 가거든."

어색하긴 하지만 알아듣는 데는 지장이 없는 한국말.

말을 하며 그는 가볍게 검을 떨쳤다.

검의 혈조를 따라 고여 있던 핏물이 안개처럼 사방으로 비산했다.

장석주의 피였다.

이혁은 더 이상 입을 열지 않았다.

저벅저벅.

그는 빠르지도 느리지도 않은 걸음으로 전진했다.

몇 걸음 지나지 않아 발밑에서 들려오는 소리와 느낌이 확 변했다.

철벅철벅.

발을 내디딜 때마다 웅덩이처럼 고인 핏물이 그의 발을 적셨다. 걸음의 수가 더해질수록 이혁의 마음속 살기는 더 두터워지고 활화산처럼 타오르던 분노는 오히려 얼음의 결정처럼 차갑고 단단해졌다.

형들이 떠난 이후 그가 이 세상에서 가족이라고 여겼던 소중한 두 사람 중 한 명의 피가 그의 발을 적시고 있었다.

그의 마음은 형들의 죽음을 알게 된 그날로 돌아가 있었다.

그의 마음에 지옥이 재래(在來)했다.

하지만 지금은 그때와 다른 점이 있었다.

당시는 형들이 어떻게 죽었는지, 누구에게 당했는지 전혀 알지 못했다. 그러나 지금은 장석주를 누가 죽였는지, 어떻게 쓰러졌는지 눈으로 본 뒤였다.

그것이 처절한 가운데서도 한 가닥 위안이 되었다.

지금 복수가 가능한 것이다.

'너희에게도 지옥을 보여주마, 앙천!'

이혁과 적무린 사이의 거리가 5미터 정도로 줄어들었을 때 적무린의 옆에서 뒷짐을 지고 있던 적운기가 가볍게 턱짓을 했다.

그것이 신호인 듯 앙천의 조직원들 십여 명이 좌우로 다섯 명씩 나뉘어 이혁을 사이에 두고 포위하듯 달려들었다.

그들의 손에는 날의 길이가 30센티가량인 단검이 들려 있었다. 일본의 회칼인 사시미와는 형태가 달라서 칼등이 좀 더 두텁고 면이 넓었다.

그러나 날은 어둠 속에서도 시퍼런 빛을 흘릴 정도로 날카로워서 쇠라도 끊어낼 수 있을 것 같았다.

조금 전부터 느리게 가라앉았던 이혁의 숨결이 한순간 사라졌다.

이혁의 접근을 보고 있던 적무린의 눈이 가늘어졌다.

앙천적가의 수뇌부들이 천살(天殺)의 기운을 타고났다고 말할 정도로 무(武)와 살육 외에는 아무것도 관심이 없는 사람이 그였다.

그는 머리도 천재에 가까울 만큼 좋았고, 육체적 재능도 앙천 내에서 비교 대상이 거의 없을 정도로 뛰어났다. 그런 그가 후계 구도에서 아예 밀려난 건 수뇌부의 뜻이 아니라 그의 의지였다.

그는 어렸을 때부터 권력이나 명예, 부귀에는 전혀 흥미를 보이지 않았다.

 대신, 시간이 나면 애완동물을 난자해서 죽이는 것을 즐겼고, 십대 중반부터는 그 대상을 사람으로 바꿨다.

 그가 십대를 보냈던 난징의 뒷골목에는 한 달에도 몇 번씩 전신이 갈기갈기 찢어진 시체가 발견되고는 했다.

 물론, 현재까지도 중국공안은 범인의 윤곽조차 잡지 못했다.

 적가의 수뇌부는 적무린의 재능이 어디에 있는지 알고 있었고, 그 재능을 키우고 보호하는 데 많은 노력을 기울였기 때문이다.

 적무린은 그들의 기대를 저버리지 않았다.

 아직 스물일곱에 불과한 나이임에도 앙천에서 무력으로 그를 제어할 수 있는 사람은 한둘에 불과한 고수가 그였다.

 그는 앙천적가의 검(劍)으로 키워진 자인 것이다.

 그렇기에 그는 접근하는 이혁의 기세가 가볍게 볼 수 없는 것이라는 걸 대번에 알아차렸다.

 오늘 상대한 자들 중 이혁만큼 잘 다듬어진 살기를 가진 자는 없었다.

쓰러져 버둥거리는 혈해의 소당주 모용산도 흔히 보기 어려운 고수라 할 수 있었지만, 이혁 정도의 기세는 보유하지 못했다.

익힌 무술의 수준이 적무린에 미칠 수는 없어도 적운기 또한 보는 눈이 있었다.

그는 이마에 살짝 주름을 지으며 적무린에게 물었다.

"무린아, 저자가 어느 무맥의 전승자인지 짐작 가는 게 있냐?"

"의심스러운 무맥이 있긴 하지만 아직 확신할 수는 없습니다, 형님."

"그래?"

적운기는 궁금했지만 더는 묻지 않았다. 적무린은 부정확한 얘기는 아예 언급 자체를 않는 성격이었다.

물어봤자 대답을 들을 수 없을 게 뻔했다. 게다가 더는 한가하게 말을 나눌 상황도 아니었다.

이혁과 앙천 조직원 간의 충돌이 시작되고 있었기 때문이다.

이혁은 싸움을 오래 끌 생각이 전혀 없었다. 장석주를 살해한 자가 아닌 다른 자들과의 싸움은 더욱 그랬다.

암왕사신류에 전승되는 전투술인 혈우팔법은 여덟 개로 나누어져 있긴 하지만 언제든 조합이 가능했다. 선대 전승자들은 팔법의 유기적 연결이 결국 전투력의 상승으로 이어진다는 것을 잘 알고 있었고, 그것을 완성시키기 위해 대를 이어 노력했다.

비록 이혁이 스승과 함께 있던 시간이 짧아 사신류 무예의 수준이 높지는 않지만, 배우지 않은 것은 없었다.

그중에는 실전에서 혈우팔법을 조합하는 것도 당연히 포함되어 있었다.

전신으로 날아드는 단검을 간발의 차이로 흘리는 그의 모습은 유령을 방불케 했다. 스치는 칼날과 몸 사이의 공간은 2, 3밀리미터에 불과했다.

눈이 밝은 자라면 그것의 의미를 알아차렸을 것이다.

이혁이 적보다 눈과 움직임이 빠를 뿐만 아니라 담대하며 냉정하다는 것을.

장내에서 그것을 깨달은 사람은 단 한 명, 적무린뿐이었다.

그의 안색이 무겁고 딱딱해졌다.

그다음 순간 눈빛이 강해진 그는 전투에 뛰어들기 위해 발을 내딛으려 했다.

그가 본 대로라면 수하들은 이혁의 적수가 아니었다.

그의 수하들 또한 앙천의 정예여서 일반적인 무술을 익힌 자라면 십 대 일도 어렵지 않게 처리할 수 있는 고수였다. 하지만 상대는 현대에 유행하는 스포츠로써 무술을 익힌 자가 아니었다.

그러나 그의 판단은 한 발 늦었다.

이미 이혁의 손이 가공할 속도로 움직이고 있었던 것이다.

이혁은 목을 노리는 단검의 날을 종이 한 장 차이로 회피하며 흘렸다. 그리고 수도(手刀)의 모습으로 곧추세운 오른손으로 검을 쥔 자의 복부를 쳐올렸다.

무섭도록 빠른 속도.

사내는 상체를 부러질 듯 뒤로 젖혔다.

그 각도는 절묘해서 충분히 이혁의 손을 피할 수 있었다. 그게 정상이었다. 그러나 다음 순간 아무도 예상치 못했던 일이 벌어졌다.

이혁의 손톱 끝에서 투명한 무엇인가가 번개처럼 튀어나와 뒤로 젖힌 사내의 목을 아래쪽에서 관통했다가 빠져나간 것이다.

사내의 눈에서 빛이 스러진 것은 순식간이었다.

움직이는 이혁의 손은 평소와 같았다.

환상혈조는 나타나자마자 사라져서 그것을 본 자는 아무도 없었다. 하지만 그 찰나의 순간 환상혈조는 한 사내의 머리를 턱부터 정수리까지 수직으로 관통해 버린 것이다.

환상혈조는 두께 0.01밀리미터 길이 1센티미터 정도의 은은한 붉은빛을 띤 투명 금속이다.

그것은 암왕사신류를 개파한 1대 조사가 기연으로 얻은 금속을 세공해 만든 기물(奇物)로 손톱 위에 덧씌우면 착용자의 손톱 모양에 맞게 형태가 변한다.

이것을 기물이라고 부르는 건 사용법과 파괴력 때문이다.

각개의 환상혈조는 손톱 하나 크기밖에 되지 않지만, 이들은 정해진 기(氣)를 전해 받으면 쇠사슬처럼 연결되어 부채를 펼치듯 길게 늘일 수 있다.

최대 길이는 25센티미터로 이혁의 각 손가락에는 최대량인 25개씩의 환상혈조가 부착되어 있었다.

그러나 개개의 두께가 워낙 얇고 기를 전달받지 않은 상태에서는 붉은빛이 나지 않아서 25개가 포개져 있음에도 대낮에도 환상혈조를 알아차리는 건 거의 불가능했다.

몇 달 전 이혁이 마루타가 만들어지는 양조장에서 처음 환상혈조를 사용했을 때 드러난 것처럼 그것의 파괴력은 말로 형용하기 어려울 만큼 강했다.

 혈조를 운용하는 자의 능력이 최고 수준이라면 그것은 자신의 최대 길이와 동일한 두께의 어떤 금속이라도 관통할 수 있을 뿐만 아니라 칼처럼 베어낼 수도 있었다.

 제약이 없는 건 아니었다.

 평범한 사람은 혈조를 운용할 수 없었다.

 혈조는 순수하게 정제된, 강력한 기에만 반응하기 때문이다. 그리고 혈조는 몸에 부착된 상태에서만 사용이 가능했다.

 암기로는 사용할 수 없는 것이다. 이혁이 굳이 서복만과 조정대를 죽이는데 면도날을 사용할 필요도 없었으리라.

 한 손가락에 부착된 25개의 혈조 전부를 사용하기 위해서는 막강한 내공이 필요하다.

 현재 이혁은 15개 정도씩의 혈조를 사용할 수 있었다.

 그것이 현재 그가 가진 능력의 한계였다.

 환상혈조와 암왕사신류의 박투 무예 야차회륜박의 조합은 공포스럽다라는 표현이 전혀 어색하지 않은 결과로 나타났다.

 분명 이혁의 손을 피했다고 생각한 자들의 머리가 쪼개지고 심장이 갈라졌다.

 쌍방이 움직이는 속도가 눈이 어지러울 정도로 빠른데다가 안전거리를 파악할 수 있을 만큼 오래 싸운 것도 아니라서 앙천의 조직원들은 속수무책으로 쓰러져 갔다.

 잘려진 팔다리와 머리가 장난감처럼 허공을 구르고 피보라가 안개처럼 자욱하게 깔렸다.

 불과 5, 6초도 지나기 전 장내에 서 있는 사람은 피를 뒤집어써 혈인처럼 변한 이혁뿐이었다.

 떨어진 곳에서 싸움을 지켜보던 적운기의 안색이 밀랍처럼 창백해졌다.

 여유 있게 이혁을 맞이했던 적무린의 얼굴도 딱딱하게 굳어 있었다.

 이혁의 기세에 위험을 감지한 그가 두 걸음을 옮기기도 전에 정예 중에서도 고르고 골라 뽑아온 그의 수하들은 모두 조각난 시체가 되어 쓰러졌다.

 무서운 전개였고, 상상조차 하지 못했던 참혹한 결과였다.

 그의 입술이 달싹였다.

"형님, 만약 제가 열세에 처한다면 뒤도 돌아보지 말고 이 자리를 떠나십시오."

적운기는 충격을 받은 얼굴로 적무린을 돌아보았다.

지난 십여 년간 적무린과 함께 수많은 전투 현장을 누볐지만 이렇게 불길한 투로 말 하는 걸 들어본 기억이 없었던 것이다.

그의 눈길이 언뜻 왼쪽 겨드랑이를 향했다. 그 부위의 양복은 다른 곳보다 두툼했다.

그 자리에 권총이 있었다.

그의 의도를 눈치챈 적무린이 보일 듯 말 듯 고개를 저으며 말했다.

"쓸 기회도 잡기 어렵겠지만, 광범위 탄막을 형성할 수 있는 정도가 되지 않는 이상 이런 근접 거리에서 저자에게 총은 통하지 않습니다, 형님."

쓴웃음이 그의 입가에 떠올라 있었다.

적운기는 이혁이 어느 정도의 고수인지 제대로 감을 잡고 있지 못하고 있었다.

그것이 그의 가슴을 조금 답답하게 만들었다. 공연히 끼어들어 위험을 자초하지 않을까 하는 일말의 우려가 그의 마음을 무겁게 했던 것이다.

입을 다문 적무린은 애검(愛劍) 광룡(狂龍)을 움켜잡으며 걸음을 옮겼다.

그의 등을 바라보는 적운기의 눈가에 걱정스런 기색이 스쳤다.

사람의 목숨 알기를 파리의 그것보다 못하게 여기는 그들이었지만 서로간의 우애는 진짜였다.

피는 물보다 진하다는 말은 진리인 것이다.

이혁도 걸음을 내딛었다.

그와 적무린의 거리가 조금씩 가까워졌다.

그들의 거리가 2미터도 채 되지 않을 만큼 좁혀졌을 때 일정하게 유지되던 이혁의 보폭이 급변했다.

허리를 숙이며 한 걸음에 2미터를 건너뛴 이혁이 번개처럼 적무린의 품으로 쇄도했다.

동시에 시퍼런 검광이 땅에서 하늘을 향해 사선을 그리며 폭죽처럼 피어올랐다.

적무린은 앙천조직원들과는 비교할 수 없는 절정의 고수였다.

게다가 그는 자신의 부하들이 이혁에 의해 영문도 모른 채 육신이 절단되어 죽음에 이르는 것을 이미 본 후였다. 당연히 이혁의 접근을 허용하지 않았다.

검광은 유성처럼 흐르고 그 틈을 비집고 검은 그림자가 유령처럼 움직였다.

두 사람이 몸을 이동시키는 속도는 가공할 정도로 빨라서 마치 어둠 속에서 유성이 흐르는 것처럼 보일 정도였다.

두 눈을 부릅뜬 적운기조차 그들의 잔상밖에 볼 수 없었다.

이혁의 움직임도 놀라웠지만 적운기는 적무린이 저 정도로 최선을 다해 전투에 임하는 것을 처음 보았다.

'무린이 그동안 전력을 기울인 적이 없었구나. 그런 그를 대등하게 상대할 수 있다니, 저자는 대체 어느 무맥의 후예란 말인가.'

의혹이 구름처럼 일어났다.

적운기의 손에는 소음기가 장착된 콜트 m1911 권총이 들려 있었다. 그러나 그는 그것을 쏠 타이밍을 전혀 잡을 수 없었다.

그는 적무린이 왜 총을 사용할 기회를 잡을 수 없을 거라는 말을 했는지 절실하게 이해할 수 있었다.

표적의 움직이는 속도가 너무 빨라 어렴풋이 겨냥하는

것조차 불가능했다.

게다가 이혁과 적무린의 위치가 찰나의 순간마다 변하고 있어서 잘못하면 적무린이 총에 맞을 가능성이 너무 컸다.

적운기는 숨을 쉬는 것마저 잊은 채 총을 쏠 기회를 잡기 위해 눈을 부릅떴다.

적무린이 익힌 검법은 분광참룡검이라는 이름을 갖고 있었다.

빛을 나누고 용을 죽인다는 그 이름처럼 분광참룡검은 최고 수준의 쾌검이었고, 각 초식이 상대의 급소만을 노리는 잔혹하고 살기 넘치는 검술이기도 했다.

그것을 펼치면서도 적무린의 마음은 점점 더 무겁고 긴장되어 갔다.

쇠를 끊어낸다는 그의 광룡검이 이혁의 옷 몇 군데를 베었을 뿐 아직 피를 보지 못하고 있었기 때문이다.

머리카락 한 올 차이라 해도 과언이 아닐 정도로 미세한 사이를 두고 이혁의 몸이 검날을 피해 움직이고 있었다.

이혁이 빈손임을 생각한다면 그는 적무린이 예상한 것보다 더한 고수였다.

그것이 그를 긴장시켰다. 하지만 그는 자신이 패할 것

이라고는 생각하지 않았다.

 이혁은 분명 그의 예상을 가볍게 뛰어넘는 고수였다. 그리고 자신의 수하들을 죽일 때 사용한 정체를 알 수 없는 무기도 소지하고 있었다.

 그러나 이혁의 무기는 그의 검보다 짧았고, 그 또한 이혁을 두려워할 이유가 없는 고수였다.

 비슷한 무위의 고수들이라면 무기가 승패를 가를 가능성이 높다.

 그리고 무기는 일촌장일촌강(一寸長一寸强) 일촌단일촌험(一寸短一寸險)이라는 무림계의 격언처럼 길면 길수록 유리하다.

 사용자가 고수라면 말할 필요도 없다.

 적무린은 앙천적가의 구성원 모두가 인정하는 검의 절정고수다. 병기의 이점마저 가진 그가 패배를 염두에 두지 않는 건 자연스러운 것이었다.

 반면 이혁은 적무린을 상대하면서 적운기에게도 신경을 써야 했다.

 두 배로 피곤한 일이었다.

 적무린과 싸우기 전에 이미 많은 사람과 싸운 그가 아닌가.

체력이나 내력이 온전하지 않은 상태에서 다시 맞이한 싸움이었다.

그럼에도 그는 적무린뿐만 아니라 적운기의 작은 움직임도 놓칠 수 없었다.

두 명의 적 모두가 그의 감각 안에 있어야만 했다.

이전에는 경험해 본 적이 없는, 강렬한 만큼 힘겨운 집중이었다. 그러나 선택의 여지가 없는 일이었다.

집중력이 흐트러지면 틈을 보이게 될 것이고, 칼보다 총알이 먼저 몸에 박히는 최악의 상황에 처할 수 있었으니까.

시간은 1분가량밖에 흐르지 않았다. 그러나 이혁과 적무린의 몸은 땀으로 흠뻑 젖었다.

그 짧은 시간 동안 수백 번의 칼질과 그에 비례하는 위치 교환, 그리고 끊임없는 이혁의 공격이 이루어졌다.

한순간의 빈틈이 바로 죽음으로 연결될 거라는 것이 너무도 명확해서 그들은 전력을 다하고 있었다. 힘을 남겨놓을 여지가 없는 것이다.

이를 악문 이혁의 턱선이 뚜렷해졌다.

그는 적무린보다 더 많은 땀을 흘리고 있었다. 그것은 그의 체력이 적무린보다 급격하게 소모되고 있다는 것을 의미했다.

 그건 두 사람이 움직이는 진폭이 다르기 때문이었다.

 적무린의 칼을 피하기 위해서 이혁은 그보다 더 빠르고 더 크게 움직여야 했다.

 그것이 피로도의 차이로 나타나고 있었다.

 '시간은 내 편이 아니다. 승부를 내야 한다.'

 콧등을 스쳐 지나는 칼날의 궤적을 따라가던 이혁의 눈에 무언가가 들어왔다.

 그의 두 눈이 차갑게 번뜩였다.

 적무린의 등 뒤쪽에 있는 적운기가 한 발을 옆으로 빼는 것을 본 것이다.

 적무린의 몸이 그와 이혁 사이에 놓인 순간이었다.

 아마도 적운기는 적무린으로 인해 이혁을 볼 수 없게 되자 위치를 재조정한 듯했다.

 이혁의 날카로운 시선이 적무린과 적운기를 훑었다.

 그리고 그는 자신이 기회를 만들 수도 있다는 것을 깨달았다.

 적무린은 끊임없이 그를 공격하면서도 적운기를 등 뒤에 둔 자세를 고수하고 있었다. 그가 적운기에게 갈 수 있는 방향은 결코 내주지 않았다.

그것이 의미하는 바는 한 가지였다.

'저자가 이자의 허(虛)다.'

암왕사신류에 전승되는 모든 무예의 기초는 흑암천관령이다.

그리고 천관령은 자신과 적, 그리고 환경에 대한 완벽한 인지력을 획득해 가는 부단한 과정이다.

천관령이 경지를 더해갈수록 수련자는 자신을 둘러싼 시공간의 인지가 넓고 깊어진다.

짙은 어둠 속이었음에도 이혁은 싸우며 발아래를 한 번도 보지 않았다.

그의 뇌리에는 주위 반경 5미터 이내의 지면 상태가 사진으로 찍은 것처럼 새겨져 있었기 때문이다.

지면의 미세한 높낮이, 크고 작은 돌의 위치, 부러진 나뭇가지들이 놓여 있는 지점… 모든 것이 그의 심상 속에 뚜렷하게 존재했고, 두 발은 그것들의 방해를 받지 않는 지점을 정확하게 짚으며 움직였다.

천관령의 힘이었다.

이혁의 심상에 그려진 지면에는 엄지손가락만 한 돌이 놓여 있었다. 바로 그의 발 앞에.

그는 적무린의 칼을 왼쪽 어깨로 흘리며 전력을 다해

주먹을 번개처럼 휘둘렀다.

적무린은 한 발을 뒤로 빼며 고개를 살짝 젖혔다.

쑤와앙!

그의 턱을 노리고 날아들던 이혁의 주먹이 거센 바람소리와 함께 20센티 이상 떨어진 허공을 갈랐다.

그때 그는 이혁의 눈이 강렬하게 빛나는 것을 보았다.

본능적으로 그는 이혁이 달라졌다는 것을 느꼈다.

위기를 직감한 그의 뇌리에 붉은 경고등이 요란한 소리를 내며 켜졌다.

그는 빗겨 나간 검을 지면과 수평하게 누이며 횡으로 이혁의 허리를 베어갔다.

그 순간이었다.

이혁의 발끝이 짧고 강하게 지면의 한 부분을 걷어찬 것은.

탁!

쐐애애액!

들릴 듯 말 듯한 타격음과 함께 적무린의 옆구리 근처 공기가 찢어지는 듯한 소리를 냈다.

파공음의 의미를 깨달은 적무린의 고개가 반사적으로 돌아갔다.

"크아악!"

처참한 비명 소리가 났다.

난데없이 날아든 돌에 사타구니를 강타당한 적운기가 노랗게 변한 얼굴로 침을 질질 흘리며 무릎을 꿇으며 주저앉고 있었다.

적운기를 본 적무린은 즉시 자신의 실책을 깨달았다.

강대한 적을 코앞에 두고 고개를 돌리다니.

무인으로서는 있을 수 없는, 아니, 해서는 안 되는 기본적이고도 어처구니없는 실수였다.

그리고 그 실수의 대가는… 컸다.

안색이 변한 그는 무서운 속도로 뒤로 물러나며 다시 전방으로 고개를 돌렸다.

그리고 전력을 다해 칼을 십자 형태로 휘둘렀다.

눈부신 십자 형태의 검형이 허공을 뒤덮으며 그의 몸을 가렸다.

분광십자참(分光十字斬)이라는 초식이었다.

그의 대응은 적절한 것이었다. 그러나 그가 상대하는 이혁은 한 번도 그의 칼을 맞지 않을 만큼 빠른 몸놀림을 가진 남자였다.

최초이자 아마도 마지막이 될 것이 분명한 기회를 놓

칠 그가 아니었다.

'살을 주고 뼈를 깎는다!'

칼의 궤적이 십자 형태를 완성하기 전, 그는 적무린과 1미터도 되지 않는 거리까지 접근해 있는 상태였다.

그의 양손에서 투명한 붉은빛이 일렁였다.

그동안 기회를 노리며 웅크리고 있던 환상혈조가 모습을 드러낸 것이다.

그는 왼손의 환상혈조로 십자 검형의 횡단(橫斷) 부분을 틀어막았다.

카캉!

날카로운 파열음과 함께 어둠 속에서 화려한 불꽃이 피어났다.

환상혈조에 막힌 칼날의 궤적이 뒤틀렸다.

이혁은 상체를 비틀었다.

흔들린 칼의 궤적이 그의 왼쪽 어깨를 파고들었다.

서긱!

쇄골 위의 살덩어리가 한 주먹만큼 떨어져 나가며 피분수가 확 하며 솟구쳤다.

이혁은 이를 악물었다.

치가 떨리는 듯한 고통이 어깨에서 일어나고 있었다.

하지만 그는 고통을 외면했다. 다시 오지 않을 기회를 고통 때문에 놓칠 수는 없는 것이다.

적무린은 코앞까지 다가든 이혁과 눈이 마주쳤다.

그의 등골을 타고 치가 떨리는 소름이 일어났다.

수려한 그의 얼굴이 창백해질 때, 이혁의 오른손이 수도 형태로 그의 목을 쳤다.

스팟!

은은한 붉은빛 광채가 어둠을 수평으로 갈랐다.

걸리는 것은 아무것도 없었다.

이혁의 몸이 회오리바람처럼 한 바퀴 회전하며 적무린의 측면으로 비켜 나갔다.

스으윽!

깨끗하게 잘려 나간 적무린의 머리가 목과 분리되며 땅으로 떨어졌다.

퉁!

푸확!

머리를 잃은 몸통에서 핏줄기가 솟아오르며 그의 몸이 스르륵 그 자리에 주저앉았다.

쓰러지는 적무린에게는 시선도 주지 않은 이혁이 앞으로 전진했다.

아직 한 명의 적이 더 남아 있었다.

적운기는 두 손으로 사타구니를 부여잡은 채 입을 헤벌리고 침과 콧물을 줄줄 흘리며 무릎을 꿇고 있었다.

권총이 코앞에 있었지만 그의 손은 그것을 잡지 못했다.

끔찍한 고통이 몸을 마비시킨 것이다.

적무린의 죽음을 본 적운기의 눈에 실핏줄이 터지며 눈꼬리로 피눈물이 흘렀다.

무서운 고통이 뇌를 마비시킬 정도였고, 몸도 움직여지지 않았지만 보는 데는 아무런 지장이 없었다.

"무… 린… 아… 내… 동… 생… 아……."

그가 중얼거림이 끝나기도 전에 이혁이 그의 앞에 섰다.

그는 아무 말도 없이 손을 들었다.

그의 손끝에서 투명한 붉은빛이 흘렀다.

그가 막 손을 내려치려는 순간,

"멈춰!"

거짓말처럼 이혁의 움직임이 정지했다.

벼락이라도 맞은 듯했다.

이혁은 천천히 고개를 돌렸다.

"그렇게, 움직이면 쏘겠다!"

제5장 153

공터의 끝, 나무들 사이로 권총의 총구를 이혁에게 겨눈 채 두 여자가 걸어나왔다.

이수하와 윤성희였다.

이수하는 똑바로 그의 눈을 바라보고 있었다.

복면 속 이혁의 안색이 일그러졌다.

그녀의 눈매는 쉴 새 없이 떨리고 있었고, 안색은 죽은 지 몇 시간 지난 시체의 그것처럼 창백했다.

산길을 달려 올라왔는지 머리카락은 땀에 푹 젖어 있었고, 정수리에서는 눈에 보일 정도로 김이 올라오고 있었다.

초췌한 몰골, 그러나 이혁을 보는 눈동자는 악몽이라도 꾸고 일어난 사람처럼 크고 강렬하게 빛이 났다.

이혁은 이를 악물었다.

이수하가 그를 보는 눈빛은 단순히 흉악범을 보는 그런 것이 아니었다.

고통과 혼란이 가득한 채 떨리는 그녀의 눈동자는 그가 피하고 싶었던 일이 현실화되었음을 알려주고 있었다.

그녀는 그를 알고 있는 것이다.

'타이밍이… 최악이로군.'

"손을 들고 천천히 뒤로 물러나."

이수하는 신중하게 접근하며 말했다.

그와 가까워질수록 그녀의 안색은 창백해졌다.

그러나 이혁에게 겨눈 총구는 미세한 흔들림조차 보이지 않았다.

'본투더형사(Born to the 형사: 형사로 태어난)라고 불릴 만하네.'

상황과 어울리지 않는 생각이 그의 뇌리에 떠올랐다.

이수하는 두 가지 별명을 갖고 있는 여자였다.

미친년, 본투더형사

전자는 이수하에게 잡힌 적이 있거나 잡힐 가능성이 있는 범죄자들이 그녀를 언급할 때 주로 사용하는 표현이다.

편정호도 전자에 속한다.

후자는 그녀를 아는 지인과 경찰서 직원들이 붙여준 별명이다. 그래서 후자는 외부에 아는 사람이 드물다.

이혁의 눈빛이 어두워졌다.

그는 정말 이런 상황이 벌어지는 걸 원치 않았다.

이수하를 보는 것만으로도 피 냄새가 흐릿해지고 있었다. 마음속 살기가 누그러졌고, 분노도 약해졌다.

그녀의 반듯한 이마에 달라붙어 있는 땀에 흠뻑 젖은 머리카락들을 걷어내 주고 싶었다.

그녀의 불안한 듯 떨리는 눈매도 어루만져 진정시켜 주고 싶었다.

하지만 그는 알고 있었다.

이제 앞으로 다시는 그럴 수 없을 거라는 걸.

'지랄 맞구만……'

욕이 절로 나왔다.

그는 살덩이가 떨어져 나간 왼쪽 어깨의 혈 몇 군데를 눌렀다.

암왕사신류의 요상술에 포함되어 있는 지혈법이었다.

지혈을 하며 그는 길게 심호흡을 했다.

요단강인지 루미콘 강인지는 잘 기억나지 않지만 어쨌든 그는 이미 강을 건넜다. 그냥 건너기만 한 게 아니라 그 후에도 꽤 멀리 왔다.

그녀는 그가 강 건너에 남겨두고 온 사람이었다.

이미 정해진 길, 되돌아갈 수 없는 운명이었다.

앞으로 그녀와는 계속 길이 멀어지거나 적어도 평행하게 달리기만을 기도해야 할 판이었다.

서로 걸어가는 길이 가까워지거나 교차하기라도 하게 된다면 그는 날아드는 그녀의 총알을 피하기 위해 쉼 없이 널뛰기를 해야 할 테니까.

이혁은 천천히 눈을 내렸다.

멍하게 풀린 눈으로 적무린을 보고 있는 적운기가 보였다.

그 눈길을 따라간 그의 눈은 적무린이 아닌 다른 사람의 주검을 보았다.

장석주가 핏속에 누워 있었다.

그 모습이 적운기의 운명을 결정지었다.

느릿하게 움직이는 듯하던 이혁의 오른손이 잔상조차 남지 않을 만큼 빠르게 허공을 갈랐다.

선연한 붉은 빛이 어둠의 한 자락을 잘라냈다.

"컥!"

적운기가 단말마의 짤막한 비명 소리와 함께 머리에서 뜨거운 피를 뿜어 올리며 뒤로 넘어갔다.

털썩.

그의 머리는 정수리부터 목까지 수직으로 반듯하게 잘려 있었다.

이수하와 윤성희는 보통 사람이다.

그녀들이 알아보기엔 이혁의 손놀림이 너무 빨랐다. 게다가 어둠도 너무 짙었다.

그녀들이 적운기가 죽은 걸 알아차린 건 비명을 지르

며 뒤로 넘어갈 때였다.

"이 개자식아!"

이수하가 잔뜩 갈라져 잠긴 목소리로 욕을 하며 방아쇠를 당겼다.

탕탕탕!

요란한 총성이 연속해서 났다. 하지만 그녀가 목표로 삼았던 복면인의 모습은 이미 그 자리에 없었다.

이혁이 있던 자리가 텅 비어 있음을 알아차린 그녀가 눈을 크게 떴다.

"뭐야? 어디로……?"

그녀의 말은 더 이상 이어지지 않았다.

어느새 그녀의 뒤에 모습을 드러낸 이혁의 수도가 그녀의 뒷덜미를 짧게 끊어 친 때문이었다.

정신을 잃은 이수하는 무너지듯 이혁의 품으로 쓰러졌다.

그녀는 조심스럽게 그녀를 안아 바닥에 눕혔다.

윤성희는 긴장된 눈으로 이혁을 바라보았다.

그녀는 이수하와 달리 손에 총을 들고 있지 않았다.

허리 뒤춤에 권총이 있었지만 그녀는 아예 총을 꺼낼 생각도 하지 않았다.

이수하와 그녀는 함께 이혁을 추적했지만 목적이 달랐기 때문이다.

 "이혁, 맞죠?"

 그가 벌인 일을 보았음에도 그녀의 얼굴에는 두려워하는 기색이 보이지 않았다.

 그녀는 외모와는 달리 담이 크고 강단이 있었다. 무엇보다도 그녀는 그가 이수하를 대하는 태도에서 안전에 대한 자신감을 얻은 것이다.

 그녀의 태도에서 묘한 구석을 감지한 이혁이 대답 대신 되물었다.

 "당신은 누구요?"

 "윤성희, 경찰청 본청에 근무해요. 수하와는 경찰대 동기죠."

 윤성희는 재빠르게 주변을 돌아보며 말을 이었다.

 "같이 가죠. 당신과 할 이야기가 많아요. 내가 도와줄 수 있는 부분도 적지 않고요. 당신에게 해가 될 일은 없을 거예요."

 그녀의 목소리는 냉정을 유지하고 있었다.

 그러나 이혁은 그녀의 눈동자 깊은 곳에 소용돌이치고 있는 열기를 느꼈다.

그는 미간을 찡그렸다.

경찰대 출신이고 이수하와 동기라면 아무리 계급이 높아야 경정 이상이 될 수는 없을 터였다. 천재라도 거스를 수 없는 게 세월이니까.

경정이라면 일선 경찰서의 과장 급이었다.

지역에서야 유지 소리 들을 만한 직급이지만 그가 벌인 일은 그 정도 계급을 가진 사람이 수습할 수 있는 일이 아니었다.

그의 손에 하직(?)한 남자들의 수가 수십 명을 넘지 않던가.

제대로 수사한다면 대통령 아니라 그 할아버지라도 뭉개 버릴 수 없는 초대형 사건이었다.

이혁은 고개를 저었다.

몇 년 동안 시은과 함께 진혼의 일을 하면서 그는 세상의 여러 면을 보았고 많은 것을 배웠다.

그들 중 하나가 세상에는 공짜가 없다는 것이었다.

도움을 받으면 대가를 치러야 하는 게 사회의 암묵적인 룰이었다.

윤성희도 그에게 원하는 게 없다면 저런 제안을 하지 않았을 것이다.

깊게 생각할 필요도 없이 윤성희의 제안을 수락한다면 그는 정부 기관에 코를 꿰이게 될 것이 분명했다.
　그는 자신에게 지시 혹은 명령을 내릴 수 있는 사람은 강시은 한 명만으로도 넘친다고 생각하며 사는 남자였다.
　그가 말했다.
　"나는 당신과 할 얘기가 없습니다."
　"거부한다면 당신은 많은 것을 잃게 될 거예요."
　윤성희의 목소리는 단호했다.
　이혁은 피식 웃었다.
　"나는 가진 게 이 몸뚱이 하나뿐이라서 잃을 것도 없습니다."
　형들에게 받은 적지 않은 유산 생각이 나서 가슴이 뜨끔했지만 이 마당에 약하게 나갈 수는 없는 일이다.
　게다가 윤성희가 정말로 정부 기관 사람이라면 형들의 유산은 포기하는 게 정신 건강에 이로웠다.
　그것에 미련을 두다가는 일이 어떻게 꼬일지 알 수 없었다.
　윤성희의 눈빛이 차가워졌다.
　"쫓기게 될 거예요, 이 나라에서 살 수 없을 만큼 지독하게."

제5장　161

이혁은 쓴웃음을 머금으며 반문했다.

"그 정도의 각오도 하지 않은 채 이런 일을 벌였겠습니까?"

윤성희는 곤혹스러운 얼굴이 되었다.

그녀는 이혁을 처음 보았고, 당연히 그의 성격을 알고 있지 못했다.

'협박이 통하지 않는 남자네. 아니, 상식이 통하지 않는 남자라고 해야 하나. 하긴 이런 일을 벌이는 남자에게 상식을 기대할 수는 없겠지.'

이해하기 어려웠지만 몇 마디 나눠본 결과는 그랬다.

강시은이 옆에 있었다면 그녀의 생각에 절대 동의하지 않았을 것이다.

그녀는 한발 물러서기로 했다.

"생각할 시간을 주지요. 검경은 아직 당신을 주목하고 있지 않으니까 당분간은 문제가 되지 않을 거고요. 국정원이 문제지만 그쪽은 제가 알아서 할 수 있어요. 수하가 당신 정체를 짐작하고 있긴 하지만 확인된 건 아니잖아요. 내가 그녀를 일주일 정도는 막을 수 있어요. 그전에 우리가 한 번 만나는 건 어렵지 않은 일인 것 같은데요?"

이혁은 내심 혀를 차며 고개를 끄덕였다.

그 정도 시간이면 그도 시은과 상의해 앞으로 움직일 방향을 잡을 수 있을 터였다.

"좋습니다. 생각은… 해보죠."

'생각만……'

한국말은 아 다르고 어 다르다는 걸 몸소 느낄 수 있는 답변이었다.

말을 맺던 이혁의 눈빛이 변했다.

윤성희는 가슴이 섬뜩해졌다.

이혁의 전신에 흐르던 기세가 갑자기 차갑고 날카로워진 것을 느낀 때문이었다.

"무슨 일……?"

이혁은 손가락을 들어 입에 대고 고개를 저었다.

그는 천천히 어둠에 잠긴 숲 속을 바라보았다.

그의 눈빛이 무거워졌다.

그가 입술을 달싹여 말했다.

"수하를 데리고 떠나십시오. 위험한 놈들이 왔습니다."

윤성희의 안색이 창백해졌다.

산을 올라오며, 그리고 이 자리에서 이혁이 어떤 능력을 갖고 있는지 느끼고 본 그녀였다.

그런 남자가 위험하다고 말할 정도면 어떤 능력자가

온 것인지 상상도 되지 않았다. 게다가 표현을 복수로 했으니 한 명이 온 것도 아닌 듯했다.

이혁이 말을 이었다.

"어서, 나는 저들에게서 당신들을 보호할 수 없습니다."

윤성희는 이혁을 한 번 똑바로 본 후 기절한 이수하를 둘러업었다.

그리 힘들어 보이지 않는 모습이었다.

그녀의 외모는 손에 물 한 방울 묻히지 않았을 것 같았지만 실제 모습은 혹독한 훈련을 걸친 경찰청 정예 요원이었다.

그녀에게 50킬로그램 정도밖에 나가지 않는 여자 한 명을 업고 뛰는 것 정도는 난이도 최하의 임무에 불과했다.

윤성희가 이수하를 어깨에 메고 빠르게 산 아래를 향해 달려가는 것을 보던 이혁은 천천히 몸을 돌렸다.

그는 이수하가 나타난 직후부터 와룡천망을 펼치고 있었다.

그 기의 그물망에 방금 전 두 명의 움직임이 잡혔다.

그들은 무서운 속도로 이곳을 향해 접근하고 있었다.

접근 방식은 직진이었다.

그들은 앞에 무엇이 있든 간에 그것을 타넘으며 일직선으로 달려오고 있었다.

그들의 속도는 사람이 낼 수 있는 것이 아니었다.

'나와 같은 유형의 무예를 수련한 무인이거나… 괴물이겠지…….'

이혁의 눈가에 긴장한 기색이 떠올랐다.

지금 그의 능력은 평상시의 7, 8할가량이었다.

연속되는 싸움으로 인해 소진된 내력과 체력이 아직 회복되지 않고 있었다.

쉴 시간이 없었기 때문이다.

쉰다고 해서 단시간 내에 회복할 수도 없었다.

서복만과 암살자가 쏜 총탄은 어깨를 스쳤을 뿐이라 큰 상처가 아니었지만 적무린의 검에 의해 한 근 넘는 살덩이가 떨어져 나간 왼쪽 팔은 급하게 지혈을 했음에도 시간이 갈수록 감각이 무뎌지고 있었다.

그의 호흡이 가늘어졌다.

긴장의 끈이 팽팽해졌을 즈음, 숲의 그늘 속에서 그들이 튀어나왔다.

"전시관에 나타났던 그놈이 맞는 듯한데, 어떻게 생각하느냐?"

커다란 의자에 등을 묻은 채로 화면을 주시하고 있던 백금발 청년의 입술 사이로 나직한 목소리가 새어 나왔다.

언제나처럼 의자 옆에는 시토가 그림자처럼 붙어 서 있었다.

질문을 받은 사토는 두어 번 눈을 깜박이며 화면상에 모습을 드러낸 검은 복면인을 아래위로 샅샅이 살폈다. 주인을 모시는 긴 세월 동안 단련된 눈썰미와 감각은 주인의 의견이 옳다는 것을 말해주고 있었다.

그가 입을 열었다.

"체격과 눈빛, 취하는 자세가 전시관의 그 복면인과 일치합니다, 주인님."

"그렇지?"

웃음기 어린 음성으로 말을 하며 백금발 청년은 고개를 끄덕였다. 화면에 보이는 광경이 마음에 드는 듯 그의 얼굴엔 만족스러워하는 기색이 떠올라 있었다.

두 사람이 보고 있는 화면은 어둠 속에서도 확연할 만큼 핏빛이었다. 사지육신이 온전치 못한 수십 구의 시신이 연못을 이룬 핏속에 누워 이었다.

시신들을 배경으로 얼굴을 가린 남자 한 명이 화면을 똑바로 보며 서 있었다. 기이하게도 그 남자의 눈은 야생의 맹수들처럼 어둠 속에서도 빛이 났다.

화면 속 남자의 눈을 지그시 노려보던 백금발 청년은 시선을 돌려 복면 남자의 뒤를 훑어보며 다시 물었다.

"죽은 것들이 어디 소속 되어 있는지 아느냐?"

그렇지 않아도 사토는 복면인보다 뒤에 쓰러져 있는 자들을 살펴보고 있는 중이었다.

"앙천 적가와 혈해 모용가, 그리고 진혼의 인물들이

섞여 있습니다. 적가의 후손인 적운기와 적무린이 있고, 모용가에는 모용산이 보입니다. 진혼은 현재 수장이라 할 수 있는 장석주가 죽었군요. 아, 모용산은 아직 살아 있습니다. 작지만 어깨와 손가락 끝이 꿈틀거립니다."

그는 설명을 하며 만년필 형태의 레이저 포인터로 화면상의 인물들을 하나씩 짚어나갔다.

백금발 청년은 고개를 끄덕였다.

"갈수록 재미있어지는구나. 조금 전에는 제천회의 사무라이들과 타이료오바타의 흔적이 보이더니 이번에는 앙천과 혈해, 거기에 진혼이… 적가의 인물들이 이를 가는 게 눈에 보이는 듯하군."

말을 하는 동안 화면이 우측으로 천천히 움직였다.

그는 협탁에 놓인 와인잔을 집어 들며 입을 열었다. 시선은 여전히 화면을 향한 채였다.

"사토."

"예, 주인님."

"저자가 내 마루타들을 이길 수 있을까? 어떻게 생각하느냐?"

사토는 망설이지 않고 대답했다.

"저번의 전시관과 오늘 밤 저자가 보여준 능력을 생각

한다면… 저자의 몸이 최상의 상태였다면 승부는 예측하기 어려웠을지도 모르겠습니다."

사토의 입가에 자신감 어린 미소가 떠올랐다.

그가 말을 이었다.

"그러나 저자는 오늘 밤 이미 여러 번의 싸움을 했습니다. 어깨의 상처도 작지 않아 보이는데다가 많이 지친 듯하군요. 쉽지는 않겠지만 마루타들이 저자를 잡아올 거라고 저는 믿고 있습니다, 주인님."

백금발 청년은 빙그레 웃었다.

"믿음은 좋은 거지. 나도 너의 믿음이 이루어졌으면 좋겠구나."

그의 눈빛이 깊어졌다.

"자, 이제 지켜보자. 과연 내 아이들이 너의 믿음을 이루어줄 것인지를."

"예, 주인님."

두 사람은 화면을 지켜보며 입을 닫았다.

*   *   *

"…에이단, 네가 그를 마스터 급이라고 했을 때 솔직

히 반신반의 했었는데… 인정할게. 네가 본 게 정확했어. 저 남자는 근접 전투에 관해서는 의심할 여지없는 마스터야."

레나는 적외선 망원경에 눈을 붙인 채로 말했다.

흥분한 듯 그녀의 목소리는 조금 들떠 있었다.

말을 받은 건 에이단이 아니라 그녀의 옆에서 동일한 물건으로 2백여 미터 떨어진 공터를 내려다보고 있던 제이슨이었다.

"우리가 추적하는 게 사람이 아니라 괴물이었던 거 같군그래. 게다가 한 마리도 아니고 여러 마리를. 이 작은 땅덩어리에서 저렇게 겉모양만 사람을 닮은 괴물들(?)을 보게 되리라고는 상상도 해본 적이 없는데 말이야."

레나와 달리 투덜거리는 그의 목소리에서는 완연하게 긴장한 기색이 묻어났다.

그가 입을 다물자 에이단이 입을 열었다.

"레나, 준비를 하고 있어야 할 것 같아."

레나가 망원경에서 눈을 떼고 에이단을 돌아보았다.

에이단이 말을 이었다.

"승부가 어떻게 될지 모르겠어. 하지만 그에게는 쉽지 않은 싸움이 될 게 틀림없어. 그는 정상이 아니니까."

"도와줘야 할 수도 있다는 거지?"

에이단은 머리를 아래위로 끄덕거렸다.

"응, 그는 강하지만 저 둘도 약하지 않아. 그리고 그들은."

에이단의 눈빛이 파랗게 빛났다.

"…살아 있지 않아. 죽은 자가 산자를 이기게 할 수는 없잖아."

그때까지도 망원경으로 공터를 보고 있던 제이슨이 놀란 듯 어깨를 움찔거리며 고개를 돌렸다.

"에이단, 그게 무슨 말이냐? 살아 있지 않다니?"

"말한 그대로예요. 저들은 죽은 자들입니다."

제이슨이 헛웃음을 흘렸다.

"허, 무슨 그럴 말도 되지 않는 소리를 하는 거냐? 저렇게 빠르고 멀쩡하게 움직이는 자들을 보고 죽은 자들이라니."

에이단은 어깨를 으쓱하며 대답했다.

"내가 대답할 말이 있겠어요? 하지만 분명 내 광역 스캔에 잡힌 저들은 죽어 있어요. 심장이 정지되어 있고, 생체 활동도 전혀 없어요, 체온도 느껴지지 않고요. 살아 있다면 그럴 수 없다는 거, 제이슨도 잘 알지 않나요?"

"그럼, 저자들이 영화에 나오는 좀비의 일종이라는 거냐?"

에이단은 고개를 저었다.

"묻지 마세요. 저도 모르니까."

제이슨은 딱딱하게 굳은 얼굴로 망원경에 눈을 가져갔다.

오늘 밤 그는 평생 한 번도 보고 겪지 않은 일들을 무더기로 겪고 있었다.

에이단이 말을 이었다.

"그리고 제이슨, 장내를 정리할 준비도 해야 해요. 이 나라의 검경이 이런 사태를 국민들이 모르게 조용히 수습할 능력을 가지고 있을 거라는 생각은 들지 않거든요."

"그건 염려하지 마라. 산에 올라오기 전에 이미 지시를 했다."

망원경에 눈을 댄 채 제이슨이 대답했다.

레나도 망원경에 눈을 가져다 댔다.

"에이단, 난 언제든 준비되어 있어. 말만 해."

에이단은 살짝 웃으며 말을 받았다.

"알았어, 레나."

둘의 대화를 들으며 제이슨은 허리춤을 매만졌다.

권총의 손잡이가 만져졌다. 그제야 굳었던 어깨가 조금 풀리는 기분이었다.

숲에서 튀어나온 건 삼십대 중반으로 보이는 남자 두 명이었다.

아래위로 검은색 트레이닝복을 유니폼처럼 차려입고 있었고, 신발도 검은 운동화로 통일되어 있었다.

러닝이라도 하는 차림새였는데 군살이라고는 눈을 씻고 찾아봐도 보이지 않는 단단한 체격에 이혁과 비슷할 정도로 키가 컸다.

이혁은 그들이 전시관에서 겪었던 괴물들과 동일한 종류라는 걸 한눈에 알아보았다.

그들은 숨을 쉬지도 않았고, 체온도 차가웠다.

의심의 여지가 없었다.

그의 얼굴이 자신도 모르게 일그러졌다.

'빌어먹을……'

머릿속의 예상지에 적어두었던 것들 가운데서 가장 만나고 싶지 않았던 상대가 최악의 타이밍에 등장한 것이다.

숲에서 나온 두 남자는 빠르지도 느리지도 않은 걸음으로 이혁을 향해 다가섰다. 이혁과 가까워질수록 둘 사이의 거리가 점점 벌어지고 있었다.

 그들은 이혁을 자신들 사이에 두었을 때 걸음을 멈췄다.

 이혁은 숨을 들이마셨다.

 그의 본능은 싸움이 바로 시작될 것이며, 그 시간도 길지 않을 거라고 말하고 있었다. 상대의 실력을 가늠하거나 힘을 남겨둘 만큼 여유 있는 싸움이 아닐 거라는 것도.

 괴물들이 걸음을 멈춘 건 눈 한 번 깜박할 정도로 짧았다.

 쉬잇!

 뱀이 수풀을 헤칠 때나 날 법한 소리와 함께 두 남자가 이혁을 향해 무서운 속도로 쇄도해 왔다.

 '칼질하던 놈보다 더 빠르다!'

 이혁은 입술을 악물었다.

 그가 칼질하던 놈이라고 표현한 상대는 그의 손에 죽은 적무린이었다.

 나타난 괴물들의 속도는 적무린이 전력을 다해 칼을

휘두르던 순간에 버금갔다. 위력은 오히려 적무린보다 윗급인 듯싶었다. 맞으면 찢어지거나 부러지는 게 아니라 잘 으깬 두부처럼 으스러질 게 불을 보듯 뻔했다.

'진짜 빌어먹을이군……'

머리를 기울이고 허리를 비틀어 적의 공세를 피한 이혁은 연이어 날아드는 발길질을 피해 허공에서 두 바퀴 공중제비를 돌아야 했다.

쐐애액!

퍼펑!

공기가 갈라지고 터져 나가는 소리가 폭탄이 터질 때 나는 그것 비슷했다. 그들의 공격에 담긴 속도와 힘이 어느 정도인지 짐작이 가는 굉음이었다.

흑암천관령으로 단련된 그의 감각으로도 적들의 손과 발이 날아드는 것을 인지하기 쉽지 않을 정도였으니 두말이 필요 없었다.

'이대로는 공격 한번 못해보고 내가 먼저 쓰러지겠다.'

그는 회피의 매 순간마다 전력을 다해야 했다. 여유라고는 속된 말로 눈곱만치도 없었다. 이런 상태를 오래 지속하는 건 그에게도 무리였다.

'어차피 패하면 죽는다. 다른 자들을 상대하기 곤란할 정도로 망가질지도 모르지만 이겨야 다음을 기약할 수 있는 거니까.'

그는 한 번 더 모험을 하기로 했다.

그가 만든 예상지 속의 인물들 중 아직 나타나지 않은 자들이 있었지만 선택의 여지가 없었다. 그만큼 적들은 강했다.

마음을 정한 이혁의 움직임이 변했다.

암왕사신류에 전승되는 삼대심공인 초연물외, 천강귀원, 섬뢰잠영은 제각각의 용도를 갖고 있다.

초연물외는 신체 내부를 보호하고 공력을 키우는데 특화되어 있고, 천강귀원은 외부의 충격을 흡수하거나 튕겨내고 지킨다. 그리고 섬뢰잠영은 이동과 전투시에 혈우팔법과 무영경 이십팔절의 효과를 극대화시킨다.

이들 세 개의 심공은 단독은 물론이고 함께 사용하는 것이 가능하나.

이혁은 초연물외공으로 내부의 장기와 경맥을 보호하면서 동시에 천강귀원공을 일으켰다.

천강귀원공의 요결 중에는 몸을 무쇠처럼 단단하게 만드는 것이 있는데 금강결이라고 한다. 금강결은 보통 사람들이 차력술이라고 부르는 것과 비슷하다. 하지만 그 공능은 금강결과 비교할 바가 못 된다.

단, 금강결을 펼치기 위해서는 흑암천관령이 7성 이상에 도달해야 하고, 입문 시기에는 지속 시간도 짧아서 1초 정도에 불과하다. 완성된 상태라 해도 지속 시간은 길지 않아서 5초가량이다. 그러나 그 시간 동안 금강결을 펼친 사람의 신체 외부는 총알도 박히지 않을 만큼 강력해진다.

이혁은 오늘 밤 싸움 도중에 천관령이 성취를 더해 7성을 넘어섰다. 그것은 구겁천뢰탄을 사용할 수 있다는 것으로 증명되었다.

구겁천뢰탄을 사용할 수 있다면 금강결도 사용할 수 있었다.

둘 다 천관령의 제한이 7성이기 때문이다.

이혁의 허리가 부러질 듯 뒤로 꺾였다.

파앙!

뒤로 굽은 그의 가슴 위로 적의 발끝이 굉음과 함께 스쳐 지나갔다.

이혁은 가슴을 스쳐 지나가는 듯하다가 수직으로 방향을 바꿔 내리찍는 적의 뒤꿈치를 우측으로 몸을 회전시켜 피하며 주먹을 휘두르는 자의 팔꿈치 아래로 빠져나 갔다.

그리고 다음 순간 끊임없이 움직이던 그의 몸이 우뚝 멈췄다.

왜 멈추었는지 이유는 필요 없었다.

두 남자는 무서운 기세로 이혁의 가슴에 어깨를 틀어박고 무릎으로 그의 옆구리를 찍었다.

빗나가기만 하던 공격이 마침내 이혁의 몸에 틀어박혔다.

쾅! 퍽!

무서운 충격이 그의 외부를 뒤흔들고 내부로 쏟아져 들어왔다.

그의 얼굴빛이 대번에 하얗게 변했다.

각오하고 있었지만 충격의 강도는 그가 생각했던 것 이상이었다. 초연물외공과 금강결로 신체 내외부를 보호했음에도 정신이 아득해지고 몸이 경직되려 했다. 하지만 그럴 수는 없었다.

이혁은 어깨로 자신의 가슴을 받은 자가 공격을 이으려는 순간 그의 머리 양옆을 두 손으로 잡았다.

그의 손바닥에서 일어난 가공할 충격파가 그자의 머리

를 강타했다.

콰작!

또다시 재현된 구겁천뢰탄의 위력은 명불허전이었다.

남자의 귀 윗부분 머리가 폭탄에 맞은 것처럼 터져 나갔다.

공격이 성공했는지 보지도 않은 채 이혁은 손을 수평으로 바꿔서 휘둘렀다. 그의 옆구리를 찍었던 무릎을 회수하려던 남자의 목을 열 가닥의 투명한 붉은빛이 파고들었다.

와지지직!

깔끔하게 무언가가 베어지는 소리가 아니라 도끼가 통나무를 내리찍을 때 나는 소리가 요란하게 났다.

반쯤 목이 잘려 나간 남자의 머리가 덜렁거리며 어깨 쪽으로 누웠다.

이 정도면 싸움은 끝이 나야 했다.

하지만 싸움은 끝이 아니었다.

머리 위쪽이 터져 나가고 목이 덜렁거리는데도 괴물들은 쓰러지기는커녕 오히려 더욱 힘이 나는 듯 주먹으로 이혁의 광대뼈와 가슴을 후려쳤다.

주먹이 움직이는 건 보이지도 않았다.

그저 희끗하는 순간 포탄에 직격당하기라도 한 것처럼 막대한 충격이 올 뿐이었다.

콰쾅!

환상혈조와 구겁천뢰탄에 전력을 쏟아부은 직후라 이혁은 그들의 공격을 보면서도 피하지 못했다.

혈조는 펼치는데 큰 무리가 없었다. 하지만 천뢰탄은 아직 완성하지 못한 무예, 그로 인해 천뢰탄을 시전 후 탈진되는 건 어쩔 수 없이 감내해야만 하는 제약이었다.

탈진에서 회복하기까지는 최소한 2, 3초가 필요하다.

괴물들은 그에게 그런 시간적 여유를 주지 않았다.

당연히 탈진에서 미처 회복되지 않은 그로서는 괴물들의 번개처럼 빠른 공격을 피하는 것이 가능하지 않았던 것이다.

하지만 타격을 받기 직전 이혁은 피가 나도록 이를 악물며 내력의 한 방울까지 쥐어짜 몸을 비틀었다.

무서운 충격파가 그의 몸을 휘돌아 등 뒤로 빠져나갔다.

타격음은 격렬했지만 실제 그가 받은 충격이 소리만큼 큰 건 아니었다.

대비하고 있던 공격이기 때문이었다.

그는 처음부터 자신의 공격으로 괴물들이 쓰러질 거라

는 희망 가득한 기대 따위는 꿈도 꾸지 않았다. 목이 떨어지고 머리가 박살났다면 몰라도 저 정도의 상처로 무력화시킬 수 있는 존재들이 아니었다.

이미 비슷한 유형의 괴물들과 싸워본 경험이 몇 번이나 있는 것이다.

그가 원한 건 자신의 공격으로 저들의 움직임을 조금이나마 둔화시키고 공격력을 약화시키는 것이었다.

무서운 속도로 두 걸음 물러나는 이혁의 눈빛이 어두워졌다.

'타이료오바타 조직원은 물론이고 전시관에서 싸웠던 괴물들보다도 훨씬 더 강한 것들이다. 정황을 보면 같은 놈이 만들어낸 건 아닌 거 같은데… 그건 나중에 생각하자. 이 자리를 빠져나가는 게 우선이야. 가능할지 모르겠군. 빌어먹을…….'

보통 사람이라면 죽어도 벌써 죽었을 상처를 입었지만 괴물들은 바람처럼 물러나는 이혁을 따라붙었다.

십여 초 동안 눈에 보이지도 않는 속도로 수를 세기도 어려울 만큼 많은 공격과 회피가 줄에 꿴 구슬처럼 끊임없이 이어졌다.

야차회륜박은 괴물들이 사용하는 기법보다 몇 배는 더

정묘했다. 하지만 그것은 싸움을 대등하게 이끌 수 있었을 뿐 우위를 점하게 할 정도는 되지 못했다.

무예보다 몸 상태가 승부의 추를 움직였다.

초를 더해 갈수록 이혁의 얼굴에서 핏기가 빠르게 사라져 갔다.

익히 경험했던 것처럼 괴물들은 지치는 기색을 보이지 않았다. 처음부터 끝까지 그들의 파괴력과 속도는 변함이 없었다. 하지만 그는 달랐다.

시간은 그에게서 내력과 체력을 급격하게 빼앗아갔다. 거기에 간헐적으로 괴물들의 주먹과 발이 몸을 스쳐 지나갈 때마다 충격이 체내에 축적되어 갔다.

그리고 그 충격은 앞의 싸움에서 얻은 상처의 깊이를 더했다.

지당권의 형태로 내민 오른발을 휩쓸어오는 괴물의 다리를 피하기 위해 이혁은 한 걸음 뒤로 물러나려 했다.

퍽!

땀으로 범벅이 된 이혁의 얼굴이 일그러졌다.

괴물의 다리는 그의 발목 아래, 발의 측면을 걷어찼다. 회피의 타이밍이 늦은 것이다. 고통은 두 번째 문제였다. 찰나지간 타격을 받은 그의 균형이 흔들렸다.

그 순간은 3초도 되지 않았다. 그러나 괴물들에게는 결코 짧은 시간이 아니었다.

이혁의 발을 걷어찬 괴물은 손으로 바닥을 밀어내며 두 발로 이혁의 가슴을 그대로 걷어찼다. 그리고 측면에서 공격해 오던 다른 괴물은 몸을 허공으로 띄우며 한쪽 무릎을 세워 이혁의 관자놀이를 찍어갔다.

이혁은 이를 악물었다.

피할 시간은 없었다.

그는 한 손으로 가슴 앞을 막고 다른 팔뚝으로 관자놀이를 방어했다.

퍼퍽!

쾅!

가공할 충격을 받은 이혁의 팔뚝이 밀려나며 그의 머리까지 반대편으로 부러뜨릴 듯 꺾어버렸다. 거의 동시에 가슴에 받은 타격은 그의 몸을 뒤로 4, 5미터나 날려버렸다.

이혁은 정신이 혼미해짐을 느꼈다.

안간힘을 다해 흐려지는 정신을 부여잡으려 애썼지만 쉬운 일이 아니었다. 그만큼 그가 받은 타격은 그의 신체 내외부를 엉망으로 만들어 버렸다.

'정신을 놓으면… 죽는다……'

그는 입술을 짓깨물었다.

찢어진 입술에서 흘러나온 핏물이 입안으로 들어왔다. 비릿한 자신의 피가 흐려져 가던 정신을 일깨웠다.

'드래곤볼도 아닌데, 왜 갈수록 나오는 놈들이 강해지는 거냐! 최종 보스부터 나오고 뒤로 가면서 점점 약해지면 얼마나 좋냐고!'

이 상황에 어울리지 않는 생각이 스쳐 지나갔지만 웃음은 나오지 않았다.

생사가 오락가락하는 타이밍이었다. 남의 목숨도 아닌 그 자신의 목숨이 야산에서 스러질지도 모르는 것이다.

그는 눈을 부릅떴다.

머리 위쪽이 박살난 괴물이 허공으로 뛰어올라 반회전하며 휘두른 발뒤꿈치가 그의 명치를 찍어오고 있었다. 우측면으로 달라붙은 목이 덜렁거리는 자의 주먹도 어느새 옆구리 근처까지 접근한 상태였다.

두 번의 타격을 허용한다면 싸움은 그대로 끝날 게 뻔했다.

지금 그의 몸 상태로는 더 이상 버틸 수 없는 것이다.

초점이 흐트러졌던 그의 눈이 무시무시한 빛을 발했다.

'형들의 복수도 하지 못하고 여기서 쓰러질 수는 없어!'

무기력하게 허공에 뜬 채 뒤로 쭉 밀려나던 그의 몸이 움찔거렸다. 그의 오른손이 활짝 펴져 있었다.

그는 측면에서 접근하던 자의 손목을 수갑을 채우듯 움켜잡았다.

밀고 들어오던 자의 손목을 잡아당기면 당겨지는 쪽은 당연히 가속이 붙어 더 빨라진다. 그리고 잡아당기는 쪽은 미세하나마 탄력이 생겨난다.

그렇게 생겨난 미세한 탄력은 이혁에게 한 번 움직일 수 있는 힘을 주었다.

이혁의 몸이 그 자리에서 꺼지듯 사라지며 대신 그가 있던 곳엔 주먹을 휘둘렀던 자의 몸이 차지했다.

순간적으로 위치가 바뀐 것이다.

이혁의 가슴을 내리찍던 발꿈치가 대신 그의 자리를 차지한 괴물의 어깨를 강타했다.

쾅!

어깨를 얻어맞은 괴물이 무너지듯 그 자리에 주저앉았다. 그 괴물의 덜렁거리는 목에 환상혈조가 틀어박혔다.

괴물 하나를 무력화시킬 수 있는 기회였다.

환상철조가 절반쯤 붙어 있는 괴물의 목을 1센티미

터가량 더 잘라냈을 때 그 괴물이 몸을 옆으로 확 빼냈다.

이혁은 더 빨리 목을 잘라내려 했지만 괴물은 하나가 아니었다.

어느새 바닥을 짚은 괴물의 오른발이 이혁의 가슴을 무서운 속도로 걷어찼다. 그 공격을 무시한다면 괴물 하나의 목을 잘라낼 수 있을 터였다.

하지만 가뜩이나 한계에 몰린 그의 몸 상태를 생각한다면 그 뒤에 어떤 일이 벌어질지는 설명이 필요 없었다.

이혁은 아쉬움을 억누르며 혈조를 거두고 뒤로 두 걸음 물러났다.

그때 전장에 급변이 일어났다.

번쩍!

어둠에 뒤덮인 공터의 하늘에 하얀 섬광이 번뜩였다.

쾅!

그 섬광은 물러나는 이혁을 따라붙으려던 괴물의 머리에 수직으로 내리꽂혔다.

지지지지직!

반밖에 남지 않았던 그것의 머리가 검게 그을리며 고기 타는 매캐한 냄새와 함께 연기가 확 일어났다.

상당한 충격을 받은 듯 괴물은 제자리에 선 채 비틀거렸다.

 이혁은 눈을 껌벅였다.

 상황의 변화가 이해가 되지 않았던 것이다.

 갑자기 마른하늘에 날벼락이 떨어지다니. 게다가 충격의 강도도 이상했다.

 느닷없이 나타난 현상이라 놀랍긴 했지만 그 크기는 진짜 번개와는 비교할 수 없을 만큼 작았다. 굵기는 어른 팔뚝 정도였고, 길이도 2, 3미터 정도였다.

 그것을 괴물이 피하지 못한 것도 이상했고, 그것에 맞았다고 비틀거리며 움직임을 멈춘 것도 이상했다. 지금까지 괴물이 보여준 강인함과는 어울리는 광경이 아니었다.

 누가 이런 상황에서 어리둥절해지지 않을 수 있을까.

 날벼락(?)은 한 번으로 끝나지 않았다.

 쩌저저저적!

 공터의 상공에 전설에 나오는 뇌룡(雷龍)처럼 꿈틀거리는 두 가닥의 기둥이 환한 빛을 뿜으며 나타났다.

 밤하늘의 번개처럼 허공을 가로지른 섬광은 한순간의 지체도 없이 괴물들의 머리 위에 다시 내리꽂혔다.

 괴물들은 그 빛이 두려운 듯 날 듯이 자리를 피했다.

"이 멍청아! 계속 거기 있을 거야!"

어딘가 어색한 한국말이 들려왔다. 꽤 나이를 먹은 듯한 남자의 목소리였다.

이혁은 정신이 번쩍 들었다.

누군지는 알 수 없었지만 그의 말이 맞았다.

그는 더 이상 괴물들과 싸울 수 없는 상태였다. 그렇다면 그를 돕는(?) 자들이 있을 때 이곳을 떠나는 게 현명했다.

그의 시선이 죽은 장석주를 훑었다.

'아저씨……'

적들의 강인함을 알게 되었고, 장석주를 죽게 한 자들에게 핏 값도 받아냈다. 이 싸움은 그의 목숨을 걸 만한 의미가 있었다. 하지만 끝이 마음에 들지 않았다.

암왕사신류의 전승자는 목적을 이룰 준비가 되어 있지 않으면 움직이지 않고, 움직이면 원하는 끝을 봤다.

그것이 암왕의 전통이었다.

그는 전력을 다해 공터를 벗어나며 이를 악물었다.

좋게 표현하면 적을 앞에 두고 먼저 몸을 빼는, 하지만 직설적으로 표현하면 능력이 미치지 못해 등을 보이고 도주하는 것.

이혁이 태어나서 처음 겪는 낯선 순간이었다.

첫경험은 언제나 아픈 법이다.

달리는 그의 눈앞에 돌아가신 스승이 온화하게 웃는 모습이 어른거렸다.

'죄송합니다, 스승님. 다시는… 다시는… 이런 모습 보이지 않겠습니다…….'

이혁이 정상 방향의 숲으로 뛰어들자 괴물들도 뒤를 따르려 했다. 그러자 기다리기라도 했다는 듯이 그들의 앞에 길이 1미터가량 되는 빛의 화살이 나타났다.

그 화살들은 괴물들을 타격하지 않았다. 대신 허공에 둥둥 뜬 채 괴물들이 나아가려는 방향의 앞에서 그들의 움직임을 방해했다.

괴물들은 화살을 꺼리는 듯 직접 부딪치려 하지 않고 그것을 피해 움직이려고 했다. 그 시간은 길지 않았다.

갑자기 괴물들이 움직임을 멈추더니 곧 이혁이 달려간 곳과는 완전히 다른 방향으로 몸을 날렸다. 그들의 속도는 나타날 때와 다르지 않아서 눈 두어 번 깜박이기도 전에 장내에서 사라졌다.

괴물들이 떠난 직후 허공에 떠 있던 화살들도 빠르게 빛을 잃더니 환상처럼 소멸했다.

격렬했던 전투가 꿈인 것처럼 공터는 적막에 잠겼다. 그러나 고요 속에 침잠되었다고 해도 참혹한 전투의 잔재는 여전했다.

곳곳에 작은 웅덩이를 이룬 핏물들이 여전히 찰랑거렸고, 사지가 잘려 나간 시신들이 어지럽게 널려 있었다.

화살도 소멸되고 30초가량이 지났을 즈음, 공터에 작은 움직임이 생겨났다.

꿈틀… 꿈틀…….

한 곳에서 시작된 작은 움직임은 조금씩 커져 갔고, 장소도 몇 군데로 늘어났다.

잠시 후 시신들의 무더기 속에서 몇 명이 몸을 일으켰다.

그중에 오른팔을 잃은 모용산이 포함되어 있었다.

주변을 돌아보며 하나 남은 주먹을 부르르 떨던 그가 얼굴을 무참하게 일그러뜨리며 천천히 입을 열었다.

"넷뿐인가?"

옆구리에서 쏟아져 나오려는 내장을 안으로 밀어 넣으며 주진방이 대답했다.

"예… 소당주님… 우리는 셋, 진혼의 조직원 한 명입니다."

그의 눈이 삼십대 초반의 건장한 체격을 한 사내를 향했다.

장석주의 앞에 무릎을 꿇은 채 넋을 잃고 있는 그 사내는 왼팔이 팔꿈치부터 잘려 나갔고, 얼굴에 난 긴 칼자국에서 아직도 피를 흘리고 있었다.

입술을 꽉 깨물고 장석주를 내려다보던 모용산이 다시 입을 열었다.

"장 대인은 우리를 돕기 위해 목숨을 걸었다. 시신을 거두어라. 진혼에 전해주어야 한다."

주진방과 다른 사내 한 명이 고개를 숙였다.

"예, 소당주님."

"적무린과 적운기의 머리를 잘라라. 앙천에 보낼 선물이니 소중히 다루도록."

주진방과 다른 사내, 그리고 진혼의 생존자가 비틀거리며 장석주의 시신을 수습하고 적씨 형제의 머리를 잘랐다.

정리가 끝난 모용산은 일행과 함께 장내를 떠났다.

공터는 더 이상의 움직임을 보이지 않았다.

어둠과 침묵이 음울한 나래를 폈다.

 백금발의 청년은 가볍게 눈살을 찌푸렸다.
 눈이 어지러울 정도로 정신없이 움직이던 화면은 완전히 정지되어 있었다. 비추는 것도 아무것도 없었다.
 그저 어두울 뿐이었다.
 청년이 입을 열었다.
 "사토."
 "예, 주인님."
 "왜 멈춘 것이냐? 섬광을 사용하는 게 어떤 자인지는 몰라도 마루타들이 처리할 수 없을 정도는 아니지 않느냐?"
 청년의 말투에서 의아함과 더불어 언짢아하는 기색을

읽은 사토의 이마에 식은땀이 송골송골 솟았다.

그는 청년을 진심으로 경외했다. 경외는 존경뿐만 아니라 두려움까지 혼재된 감정이다.

그가 즉시 대답했다.

"섬광을 사용하는 자 때문이 아니라 그자의 배후에 있는 존재를 자극하는 건 아직 시기상조라고 판단해서입니다, 주인님."

청년은 고개를 돌려 사토를 보았다.

"너는 저 빛을 번개와 화살로 변형시켜 사용하는 자가 누구인지 알고 있구나."

"예."

"말해보거라."

"빛의 사용자는 레나라는 이름으로 알려진 여인입니다. 그리고 그녀는 독수리의 발톱(Claws of an eagle)이라는 조직의 요원입니다."

백금발 청년은 고개를 갸웃했다. 긴 머리카락이 물결치듯 우아하게 일렁였다.

그가 중얼거렸다.

"독수리의 발톱? 들어보지 못한 이름이구나."

"독수리의 발톱은 주인님께서 깊게 주무시는 동안 만

들어진 조직입니다. 많은 부분이 아직도 베일에 싸여 있어 파악된 것이 적고, 동북아 지역에서 활동했던 전력도 없어 아직 보고드리지 않았었습니다."

백금발 청년은 호기심 어린 얼굴로 말을 받았다.

"그래? 아는 대로 말해보거라."

"독수리의 발톱이 최초로 활동을 개시한 건 대략 이십여 년 전으로 추정하고 있습니다. 그들은 당시 중동 지역을 순방하던 미국 정계의 거물이 아랍 테러 조직에 납치되었을 때 현장에 투입되었고, 무사히 그 거물을 구출했습니다."

사토는 청년의 얼굴에 드러난 기색을 살피며 말을 이었다.

"테러 조직과 관련된 자들은 철저하게 색출해 제거되었고요. 하지만 그 사건은 세상에 전혀 알려지지 않았습니다. 정치 거물의 납치조차도 말입니다. 완전히 은폐된 것입니다."

"그럴 만한 힘을 가진 건……."

백금발 청년이 말끝을 흐리자 사토가 뒤를 받았다.

"주인님의 생각이 옳습니다. 독수리의 발톱은 미국이 만든 조직입니다."

"미국이라……."

백금발 청년은 미간을 좁혔다.

그는 세상 그 어느 것도 두려워하지 않았다. 미국도 마찬가지였다. 그렇다고 무시하지도 않았다. 무시할 수 없었다.

중국이 무섭게 성장하고 있지만 여전히 세계 유일 초강대국이라고 불리는 나라, 그 누가 미국을 무시할 수 있겠는가.

솔직히 말하면 가까이하고 싶지도 않고, 그렇다고 너무 멀리 할 수도 없는 존재, 그것이 미국이라는 나라에 대해 그가 가진 감정이었다.

사토가 말을 이었다.

"독수리의 발톱에 소속된 구성원들은 평범하지 않습니다. 그들은 모두 특정 분야에 비범한 능력을 발휘하는 초능력자들로 추정됩니다."

청년의 얼굴에 흥미로워하는 기색이 완연해졌다.

사토의 설명은 계속되었다.

"제가 그동안 파악한 구성원은 셋입니다. 레나라는 여인은 강력한 관통력을 지닌 빛을 유형화시켜 무기로 사용하고, 에이단이라는 소년은 염동력에 특화되어 있는 듯하며, 줄리앙이라는 청년은 특이하게도 초고온의 불을 사용합니다."

"전부 공격형이로군. 셋이 전부는 아니겠지?"

"그렇습니다. 공격형도 더 있을 것이고 서포터형 능력자들도 있겠지만 아직 그들까진 파악하지 못했습니다."

"그런데 마루타들의 반응이 조금 특이하더구나. 빛을 회피하려는 기색이 보이던데, 단순히 타격을 받았다고 보기는 어려웠다. 이유를 아느냐?"

사토는 침을 삼키며 대답했다.

"지금까지 파악된 바로는 독수리의 발톱에 소속된 초능력자들의 공격엔 신성력이 깃들어 있는 듯합니다."

"신성력?"

청년은 조금 어리둥절한 얼굴로 반문했다.

"엑소시즘을 쓰는 자들이 악마를 잡을 때 사용한다는 그 힘을 말하는 것이냐?"

"예, 주인님."

백금발 청년의 반듯한 이마에 몇 가닥의 주름이 잡혔다.

"그들의 배후에 미국 정부만 있다고 생각하기 어렵구나."

"죄송합니다."

사토는 조금 무거운 목소리로 대답했다. 주인이 만족할 만한 대답을 갖고 있지 못한 것이 그의 가슴을 답답하게 했다. 하지만 지금은 어쩔 수 없었다. 아는 게 없는 것이다.

백금발 청년이 다시 입을 열었다.

"초능력자들의 조직이라… 오랜만에 흥미를 끄는 소재이긴 한데… 누가 주도한 것인지 파악된 것은 있더냐?"

"인간의 잠재 능력을 개발하고 그것을 군사용으로 사용하고자 하는 노력은 미국과 소련의 냉전 시대 때 획기적인 발전을 이루었다고 알려져 있긴 합니다만, 양국이 극도의 보안을 유지하고 있는데다 정보도 교란시키고 있어 정확한 실체에 접근하기는 어렵습니다."

사토는 고개를 숙였다.

그의 얼굴에는 청년이 만족할 만한 대답을 하지 못하는 자신의 부족함을 자책하는 기색이 떠올라 있었다.

조금 무거워진 목소리로 그는 말을 이었다.

"최근에는 중국과 일본도 그 분야에 많은 노력을 기울이고 있는 듯하지만 역시 접근하기 쉽지 않습니다. 그들은 병적일 정도로 보안에 집착하고 있습니다."

"그렇겠지. 인간의 진화와 관련된 것이고 다음 시대의 패권과 직접 연계되는 사안이니까."

"맞습니다, 주인님."

"주요 국가의 초인 조직에 대해 정리한 것을 보고 싶구나."

"내일 아침까지 준비해 놓겠습니다, 주인님."

백금발 청년은 고개를 끄덕이며 시선을 다시 어둠만 보이는 화면으로 돌렸다.

"미국이라… 그들이 개입했다면 저 복면인이 목적일 테고, 네 말대로라면 미국만 관심을 가진 것도 아닌 듯하고… 적가의 정통 후손이 둘이나 죽었으니 앙천도 이를 갈 테고. 일이 점점 복잡하고 흥미로워지는구나."

그의 손가락이 의자의 팔걸이를 일정한 리듬으로 두드렸다.

톡톡톡톡…….

사토가 희미한 미소를 지으며 입을 열었다.

"앙천과 혈해, 진혼의 싸움은 더 치열해질 것입니다."

"저기서 죽은 장석주가 현재 진혼을 이끌고 있는 자라고 했었지?"

"그렇습니다."

"진혼이 흔들릴 거라고 생각하느냐?"

"아닙니다, 주인님. 충격은 크겠지만 조직을 정비하는 데는 오래 걸리진 않을 것입니다. 진혼의 실제 수장인 강수찬이 아직 살아 있으니까요. 그는 진혼 역사상 최고의 전사들이었다는 이환과 이훈 형제가 태양회와의 전쟁 중 살해당한 충격 속에서도 진혼을 지켜낸 자입니다. 장석주도 뛰어난 자이지만 그를 이씨 형제에 비할 수는 없습니다."

"강수찬… 흠, 눈이 날카로운 아해였지. 혈해와 진혼의 연합이 공고해지면 연계 없이 따로 움직이는 앙천과 타이요우가 상당히 귀찮아지겠지? 조선반도의 태양회도 그들을 상대하기 벅찰 테고."

사토 또한 같은 생각이라 그는 망설임 없이 대답했다.

"그럴 가능성이 있습니다."

백금발 청년의 빛나는 두 눈 깊은 곳에 스산한 어둠이 똬리를 틀었다.

그가 말했다.

"강수찬을 죽여라. 그의 머리라면 태양회의 박가 아해를 만날 수 있을 것이다. 일단 조선반도에 작은 근거지를 하나 만들어라. 다른 나라보다 외국계 조직들이 움직이기 힘든 곳이니 여러 모로 쓸모가 있을 것이다. 태양회를 통해 알아보고 싶은 것도 있고."

그의 목소리에는 강수찬을 죽이는 일이 마치 손가락으로 개미 한 마리를 눌러 죽이는 것처럼 쉬운 일이라는 뉘앙스가 담겨 있었다.

사토는 고개를 숙였다.

"조치하겠습니다."

대답하는 사토도 지시를 어려워하는 기색이 전혀 보이지 않았다.

백금발 청년은 살짝 고개를 끄덕이며 머리를 의자에 기댔다. 그리고 눈을 감았다.

사토는 뒷걸음으로 자리를 빠져나왔다.

거실을 빠져나온 그의 걸음이 빨라졌다.

할 일이 많은 것이다.

*   *   *

무서운 속도로 달리는 이혁의 양옆으로 나무들이 휙휙 바람 소리를 내며 지나갔다. 보는 사람이 있었다면 눈이 튀어나올 정도로 빠른 속도였다. 아무리 산에 익숙한 사람이라도 밤에 이런 속도로 산속을 달리는 사람은 없을 것이다.

 높은 나무는 돌아가고 낮은 바위는 뛰어넘었다.

 달릴수록 숲은 점점 더 깊어졌고, 산은 높아졌다.

 달리며 지형과 밤하늘을 살피는 것을 게을리 하지 않은 이혁은 자신이 계룡산 안쪽으로 접어들었다는 것을 알 수 있었다.

 괴물들이 추적해 오는 기척은 느껴지지 않았다.

 한 시간 가까이 쉬지 않고 달리던 이혁이 마침내 발을 멈췄다. 괴괴한 산봉우리들이 칠흑처럼 어두운 계곡을 품고 있는 곳이었다.

 보이는 것은 어둠과 산봉우리, 나무 그리고 밤하늘뿐이었다.

 그는 바로 앞의 낮고 평평한 바위에 엉덩이를 붙이고 앉았다.

 자연스런 동작이었다. 그러나 그의 온몸은 그 단순한 움직임대로 비명을 질러댔다.

 근육과 뼈 중 아프지 않은 곳이 없었다.

 그의 온몸은 자신과 적이 흘린 피와 땀에 흠뻑 젖어 있었다. 땀의 대부분은 고통을 억누르며 달리는 동안 흐른

식은땀이었다.

이혁은 허리를 세웠다.

척추를 타고 머리끝까지 무시무시한 통증이 관통하며 올라왔다. 하지만 그의 얼굴은 무표정했다. 얼굴과 눈빛만 보고 그의 몸 상태를 알아차릴 수 있는 사람은 없을 터였다.

아무도 없는 곳에서 유지하는 포커페이스.

당연히 이유가 있을 수밖에 없었다.

그의 입술이 느릿하게 벌어졌다.

"뛰느라 힘들었을 텐데, 이제 그만들 나오시죠?"

그 말이 신호라도 된 듯 정적에 잠겨 있던 숲 속이 소란스러워졌다.

"헉헉헉……."

"Puck… Shit"

"Aaaaah… Ugly fast……."

영어라면 알파벳밖에 모르는 이혁도 외국영화에서 자주 들었던, 욕설임이 분명한 영어 감탄사(?)와 함께 흑백과 남녀노소가 뒤섞인 세 명이 숲 속에서 비틀거리며 걸어나왔다.

제이슨과 레나, 에이단이었다.

이혁은 물론 그들이 누군지 몰랐다.

세 사람과 이혁의 거리가 손을 뻗으면 닿을 정도로 가까워졌다. 그들은 그대로 땅바닥에 퍼질러지듯 주저앉았다.

세 사람 중에 한국어를 할 줄 아는 건 제이슨뿐이다.

그가 지쳐 쓰러질 것 같은 얼굴로 입을 열었다.

"헉헉헉… 자네… 올림픽 육상 나가면… 헉헉… 불멸의 대기록을 세울 거야. 이제 좀 살 것 같네… 후아……."

긴 숨을 내쉰 제이슨은 한결 나아진 안색으로 말을 이었다.

"아무튼 올림픽 나가기 전에 내게 말해주게. 자네 쪽에 배팅할 테니까."

이혁은 무표정한 얼굴로 말을 받았다.

"나갈 일 없습니다."

제이슨은 혀를 찼다.

"쯥, 농담이 통하지 않는 친구구만. 그건 그렇고, 얼굴 가린 거 벗는 게 어떤가? 우린 얼굴 다 드러냈는데 자네만 가리고 있으면 불공평하지 않은가."

이혁은 고민하지 않고 복면을 벗었다.

신기한 능력을 가진 자들이었다. 아직 그들의 속마음을 알 수는 없었지만 최소한 지금은 그들이 자신에게 적의를 갖고 있지 않다는 것은 분명했다.

'뒷일은 그때 가서 고민하면 되니까.'

이혁은 평소의 그로 돌아와 있었다.

드러난 그의 얼굴을 뚫어지게 바라보던 제이슨이 길게 한숨을 내쉬었다.

"에효… 코앞에 두고도 자네가 전시관의 복면인이라는 것을 몰랐군. 이혁이라는 친구가 자네 맞겠지?"

"나를 아시오?"

제이슨은 쓴웃음을 머금었다.

"전시관 사건 당시, 그 안에 있었던 사람은 한 명도 빠지지 않고 기초 조사를 진행했었다네. 그때 자네 얼굴을 봤지. 고등학생 신분이라서 심층 조사 대상에서 제외시켰지만 말일세."

기운을 차린 그의 눈이 맑게 빛났다.

"궁금한 것도 많고 할 말도 많다네."

비라도 올 것처럼 밤하늘엔 먹구름이 가득 했다.

자정을 넘은 시각이었지만 골목을 비추는 가로등 불빛

들과 간간이 불이 켜진 집들만이 희미하게 동네를 밝힐 뿐이었다.

다행히 하숙집은 아래위층 모두 불이 켜져 있었다.

맞은편 4층 빌라의 옥상 난간 뒤에 은신한 채 하숙집과 주변을 둘러보고 있는 이혁의 눈빛은 씁쓸하기만 했다.

'갑하산은 제이슨이 확실히 은폐시켰지만 이쪽은 그렇지 못하군. 수하 눈에 불이 들어와 있어. 보이진 않지만 시은이 누나가 어떤 표정일지도 뻔하고, 아래층 꼬맹이들(?)도 별다를 거 없을 테고. 뒷감당이 정말 쉽지 않구만. 빌어먹을……'

그는 난간에 등을 기대고 앉아 다리를 쭉 폈다.

살덩이가 떨어져 나갔던 왼쪽 어깨에서 둔중한 통증이 전해질 뿐 다른 곳에서는 고통이 느껴지지 않았다.

내외상을 치료하기 위해서 그도 전력을 다했지만 제이슨이 쏟은 정성은 그가 놀랄 정도로 깊었다. 아마도 제이슨이 소속된 조직의 예산이 수억은 가뿐하게 깨졌을 것이다.

'최상 컨디션의 80퍼센트 정도는 회복되었어. 이 정도면 마지막에 만났던 그 괴물들 같은 놈들만 아니면 어

렵지 않게 쓰러뜨릴 수 있다.'

그는 왼쪽 어깨를 쓰다듬으며 생각에 잠겼다.

* * *

갑하산의 혈전이 있은 지도 보름이 흘렀다.

수십 명이 죽고 다친 사건이었지만 세상은 그 사건을 알지 못했다.

세상에 알려진 건 서울을 양분하던 거대 폭력 조직 태룡회의 보스 서복만과 심복인 조정대가 살해당했다는 것뿐이었다. 그 이후에 벌어진 검경의 움직임과 죽어간 사람들에 대한 이야기는 단 한 줄도 기사화되지 못했다.

기자들이 현장에 도착하기 전에 시신은 물론이고 핏자국까지 철저하게 지워져 있었고, 관계자들이 입을 꾹 다문 채 모르쇠로 일관한 것도 하나의 이유가 될 테지만 보나 중요한 이유는 다른 데 있었다.

한국 정부뿐만 아니라 미국의 고위 인사까지 나서서 적극적으로 언론 보도를 통제했던 것이다.

양국 정부의 영향력을 무시하고 기사를 내보낼 수 있는 한국 언론은 존재하지 않는다. 여당 성향의 언론이야

당연히 그렇겠지만 야당 성향의 언론도 크게 다르지 않은 건 마찬가지다.

대신 서복만이 살해당한 직후 일어난 상산파와 태룡회의 전면전이 사회면 톱을 장식했다. 두 거대 조직의 전쟁은 단 사흘이라는 시간 만에 짧고 굵게 끝났다.

태룡회는 밤의 세계에서 이름만 남긴 채 지워졌고, 서울 전역의 밤은 상산파의 지배하에 놓였다.

상산파는 일반인들은 털끝 하나 건드리지 않은 채 태룡회 조직원만을 공격했다.

전격적으로 이루어진 기습전이었다.

전장도 태룡회 소유의 건물 내부나 외진 곳처럼 잘 드러나지 않은 장소가 되었다. 그래서 기자들이 발에 땀이 날 정도로 뛰어다녀도 참혹한 전장은 취재가 되지 않았고, 소문만 무성하게 났다.

소식이 빠른 일부의 사람들을 제외하고 대부분의 일반인들이 이 두 세력의 전쟁을 알게 되었을 즈음엔 이미 모든 것이 끝나 있었다.

덕분에 갑하산 사건은 상당수의 정계와 언론계 고위층 인물들만이 알아차린 상태로 소리 없이 묻혔다.

비밀은 아니지만 일정한 테두리 내에서만 도는 이야

기, 혹은 주간지의 가십란에 그런 일이 있었던 것 같다는 식으로 올라오곤 하는 소재로 갑하산 사건은 잊혀갈 터였다.

그러나 그것은 겉으로 보이는 모습일 뿐이었다.

잊기는커녕 사건의 진실을 더 집요하게 파고드는 사람과 세력들도 적지 않았다.

뒤통수를 난간에 대고 있던 이혁이 고개를 돌려 하숙집으로 들어서는 골목을 물끄러미 내려다보았다.

익숙한 회색의 RV차량 한 대가 골목 입구에서 조금 떨어진 어둠 속에 주차되어 있었다.

선팅이 진해서 안이 보이진 않았지만, 이혁은 그 차량 안에 누가 타고 있는지 너무도 잘 알고 있었다.

몇 달 동안 세차를 하지 않아서 보닛과 지붕엔 항상 먼지가 뿌옇게 쌓여 있고, 발밑 카펫엔 온갖 종류의 빵봉지와 정체불명의 부스러기가 굴러다니는 차.

그뿐이랴.

시동을 켜면 탱크 소리가 나서 잠복할 때는 겨울이라도 시동을 꺼야 한다. 그리 표면을 뒤덮고 있는 수많은 찰과상으로 인해 주변 사람들로부터 늘 빨리 새 차로 바꾸라는 조언을 줄기차게 듣는 차.

이수하, 차는 그녀의 것이었다.

이혁은 와룡천망을 펼쳤다.

눈으로 볼 수는 없어도 운전석에 앉아 있는 사람의 실루엣이 손에 잡힐 듯 심상에 그려졌다. 눈부실 정도로 군살 하나 없는 S라인…….

이수하는 머리를 헤드시트에 댄 채로 앉아 있었다.

두근, 두근, 두근…….

심상으로 보는 것인데도 뛰는 것이 느껴질 만큼 심장 박동이 빨라졌다.

불과 100미터도 떨어져 있지 않은 곳에 그를 사랑했고, 그가 사랑했던, 아니, 지금도 사랑하는 여인이 혼자 있었다.

눈만 마주쳐도 가슴이 뛰고 몸에 열이 나는 매력 넘치는 여인… 하지만 이제는 운명이 엇갈려 버린 여인이었다.

그녀를 느끼는 순간, 자신을 둘러싼 모든 상황과 사람들에 대한 생각이 안드로메다 저 멀리로 날아가 버렸다.

눈앞에 어른거리며 머리를 가득 채우는 건 오직 이수하, 그녀의 모습뿐이었다.

은행동 거리에서 교복 입은 채로 캔 맥주를 마시며 걷

다가 자신을 부르는 낯선 여자의 목소리에 등을 돌렸을 때 본 첫 모습.

소매치기를 때려잡던 버스에서 들었던 그녀의 웃음소리, 카페에서 마주 앉아 있을 때 온몸에 흐르던 전율, 그녀를 처음 안던 순간의 희열과 행복…….

아직도 세포 하나하나를 가득 채우며 남아 있는 듯한 그녀의 살 냄새…….

웃을 때 보이는 가지런한 흰 치열과 작은 목젖…….

눈이 마주치면 빠르게 열기가 차오르던 크고 아름다운 두 눈.

두서없이 떠오르는 추억이 그의 전신을 바위처럼 짓눌렀다.

"젠장, 젠장, 제… 엔… 장……."

혼란이 가득한 낮은 탄식이 입술을 비집고 주르르 흘러나왔다.

고개를 푹 숙이는 그의 얼굴은 와락 일그러져 있었다.

평소와 같은 포커페이스는 전혀 유지되지 않았다.

그녀를 느끼는 순간 머리와 가슴이 지진을 만난 것처럼 뒤흔들렸다.

자신이 살아가야 하는 삶에서 한 발짝 물러서고 싶은

마음이 저절로 생겨나면서 눈꼬리가 뜨거워졌다.

"씨… 발… 스럽네… 어떤 놈들은 사귀던 여자 버리기를 씹다 만 껌처럼 하던데, 나는 왜 그게 안 되냐… 염병… 인간 이혁… 정말 찌질한 놈이었구나……."

욕이 절로 나왔다.

허탈한 음성, 마지막 욕이었다.

그는 이를 악물며 눈을 부릅떴다.

그는 혼자 있을 때 눈물을 흘리는 취미를 갖고 있지 않았다.

그런 청승을 자신이 떨 거라고는 상상도 해본 적 없었다. 하지만 터지지 않을까 걱정될 정도로 입술을 꽉 깨물고, 손톱이 손바닥을 파고들 것처럼 주먹을 움켜쥐는 건 어쩔 수 없었다.

억지로 참을 수 있는 종류의 감정이 아니었다.

보는 사람이 있는 것도 아니었고…….

터져 버릴까 걱정스러울 정도로 심하게 오르락내리락하던 가슴이 평온을 되찾을 때까지는 1분이 넘는 시간이 필요했다.

고개를 들어 이수하의 차를 보는 이혁의 눈빛은 거의 평정을 되찾아가고 있었다.

이수하에 대한 감정이 갑자기 식거나 한 건 아니었다. 그런 식의 감정 제거는 이혁에게도 불가능의 영역이었다.

여전히 그녀가 그리웠고, 안고 싶었다.

어떻게 미련이 없을 수 있을까. 보고 싶었다. 하지만 찾아갈 생각은 없었다.

그는 자신의 운명을 알고 있었고, 그 길에 이수하가 들어오면 어떤 일이 벌어질지 너무도 잘 알고 있었다.

직면할 위험이 너무 크기도 했지만 중요한 건 그게 아니었다.

그녀의 직업은 위험을 곁에 두고 사는 것이다. 때문에 그녀는 위험에 익숙했고, 두려움을 극복하는 힘이 강했다.

정말 중요한 건 그의 운명 안으로 그녀를 끌어들였을 때 그는 행복할지 몰라도 이수하는 그렇지 않을 거라는 것이었다.

그가 갈 길은 세상에서 말하는 범죄자, 그것도 극악무도한 흉악범의 길이다.

양손에 피가 마를 날이 없고, 두 발은 타인의 시신을 밟으며 끝없이 앞으로 전진하는 삶이 그의 것이었다.

개성이 남보다 조금 많이 특이할 뿐, 결국은 보통 사

람일 뿐인 그녀가 가진 가치관으로는 용납할 수 없는 삶이었다.

사랑만으로 세상 모든 것을 합리화시킬 수는 없다. 더구나 그녀처럼 자존감과 직업의식이 철저한 사람이라면 두말할 필요도 없었다.

그가 운명을 포기한다면 그녀와 타협점을 찾을 수도 있을지 모른다. 그녀는 전시관과 서복만의 안가, 그리고 갑하산의 복면인이 그일 거라고 확신하고 있긴 해도 물적 증거까지 확보하지는 못한 상태였다.

제이슨이 그것을 방해했고, 그가 듣기로는 그녀의 친구이자 동료인 윤성희가 정보 교란에 적극적으로 협조했다고 했다.

그가 복면인이 아닌 척하면서 그녀를 속이고 운명을 외면한다면 이전으로 돌아갈 가능성도 있었다. 하지만 그렇게 했을 때 그는 자신이 폐인이 될 거라는 걸 잘 알고 있었다.

형들의 원수와 운명의 적을 두고 등을 돌린다는 게 그의 성격상 가능할 리 없었다. 그리고 그녀를 속이는 순간부터 둘 사이를 거짓과 위선이 채우게 될 터였다. 그런 사랑은 서로를 끝없이 괴롭히고 피폐하게 만들 것이 불을 보듯 뻔했다.
 아무리 생각해 봐도 선택의 여지가 없는 외통수였다.
 옛 속담에 밤이 길면 꿈도 길다고 했다.
 그는 주저앉아 있던 몸을 일으켰다.
 그녀의 모습을 심상에 담고 계속 생각하고 있어봐야 쓸데없는 미련일 뿐이었다.
 답은 이미 나와 있는 상황이 아니던가.
 어둠이 그의 몸을 집어삼켰다.
 갑하산 사건 이후 몸을 회복하는 동안 그는 싸움을 통해 얻은 깨달음의 상당 부분을 정리할 수 있었다.
 역설적이게도 큰 싸움이 있은 뒤에야 비로소 아무것도 하지 않고 쉴 수 있는 시간이 그에게 주어졌다.
 그 덕분에 보름 동안 사문의 무예에 대한 경지는 싸움 이전과 비교할 수 없을 만큼 깊어졌다.
 이전에도 암향무영과 사신암행을 펼치는 그를 알아차릴 수 있는 사람은 극소수였다. 하지만 이제 그 숫자는 더 줄어들었을 것임이 틀림없었다.
 그는 어둠과 전혀 구별이 되지 않았고, 기척도 느껴지지 않았다.
 그의 움직임에는 이전과 분명하게 다른 점이 있었다.

그건 체온을 느낄 수 없다는 점이었다.

예전에는 형태나 기척은 어둠과 동화되었지만 체온을 감출 수는 없었다. 그래서 육안으로 볼 수 없어도 열 측정 장비로 그를 추적할 수 있었다.

그러나 이제 그는 마치 변온동물처럼 체온을 주변의 온도와 동화시키는 것이 가능했다.

흑암천관령이 7성에 이르며 가능해진 능력이었다.

진정한 암왕사신의 경지에 한 발 다가선 것이다.

이수하는 긴 손가락을 들어 자꾸 내려오는 눈꺼풀을 신경질적으로 꾹꾹 눌렀다.

벌써 보름째, 그리고 오늘은 다섯 시간 넘게 계속되고 있는 잠복이라 피곤이 몰려오고 있었다. 실처럼 자신과 붙어 다니는 박장수 형사가 옆에 있었다면 시간 때우기가 좀 더 수월했겠지만 그를 데리고 올 수는 없었다.

그녀는 반드시 확인해야 했다.

이혁이 과연 자신이 보았던 그 복면인인지를.

그러나 형사계 내에서 이혁을 용의자로 생각하는 사람은 그녀 외에 아무도 없었다. 상부에서도 고딩을 용의 선상에 올렸다며 대놓고 짜증을 냈다.

갑하산 사건 이후 이혁이 집에 들어오지 않고 있다는 게 그녀의 명분이었다. 그러나 그녀의 주장에 귀를 기울이는 사람은 없었다.

하숙집에서 그와 함께 사는 강시은이라는 여자가 갑자기 이혁의 몸이 너무 안 좋아져 시골로 요양을 보냈다고 둘러댄 것도 하나의 이유였다.

하지만 그것보다는 그날 밤 복면인이 보여준 전투 능력은 엄마 뱃속에서부터 전문 훈련을 받았다 하더라도 고딩 정도가 보유할 수 있는 것이 아니었던 것이다.

그런 이유가 아니더라도 이런 대형 사건에서 고딩을 용의 선상에 올린다는 건 큰 상식적으로 보아도 큰 무리가 있었다.

아무튼 상부에서는 이혁에 대한 조사를 진행하는 이수하에게 중지하라는 명령을 내리지는 않았다. 그렇다고 따로 시간을 배정해 주지도 않았다.

그래서 그녀는 업무를 하는 주간에는 자신이 활용하는 망원(형사에게 정보를 가져다주는 사람)에게 하숙집을 감시하게 하고, 퇴근 이후에는 자신이 잠복을 했다.

그런 날이 보름째 반복되고 있었다.

힘겹게 눈꺼풀을 들어 올리자 골목 안쪽 저 멀리 불이

켜진 하숙집이 눈에 들어왔다.

그녀의 입술이 작게 나풀거렸다.

"이혁… 난 알아야겠어. 그 자식이 정말 너였는지……."

그녀는 창턱에 팔꿈치를 괴고 손바닥 위에 선이 고운 턱을 올려놓았다.

"이대로 끝낼 생각은 아니겠지? 난… 설명이 필요해, 네가 왜 그런 짓을 해야 했는지……. 나한테 왜 그랬는지……."

그녀의 큰 눈이 새파란 빛을 발했다.

"나를 갖고 논 게 아니란 걸 알아. 이 고딩 자식아… 난 알고 싶다고… 내가 형사라는 걸 알면서도 네가 왜 그렇게 살아야 하는지… 왜 내게서 떠날 수밖에 없는 그런 결정을 했는지… 알고 싶단… 말이야……."

그녀는 입을 다물었다.

크게 뜬 눈 끝에 매달려 있던 작은 물방울이 또르르 굴러 내렸다.

"왔어?"

산책이라도 나갔다 돌아오는 가족을 맞이하는 듯 담담한 목소리.

스며들 듯 소리 없이 창문을 통해 안으로 들어선 이혁은 의자에 앉아 자신을 바라보는 시은을 볼 수 있었다.

어깨를 으쓱하며 한 걸음 앞으로 나서던 그의 얼굴이 일그러졌다.

"누나."

얇은 티에 무릎을 덮는 치마를 입은 채 그린 듯 앉아 있는 시은은 놀라울 정도로 말라 있었다.

아름다움은 여전했지만 눈 주위가 쑥 들어가 움푹 패여 광대뼈가 도드라져 보였다. 두 눈은 열기가 지나쳐 조금 멍한 듯도 보였는데 그 안에 소용돌이치는 감정의 파고는 이혁이 감당하기 어려울 만큼 격렬했다.

시은은 말없이 일어나 두 팔을 벌렸다.

이혁은 크게 발을 내딛어 단숨에 그녀의 앞으로 다가가 그녀를 품에 안았다.

"기다렸어… 많이……."

물기가 잔뜩 배인 축축한 음성이 가슴 아래서 들려왔다.

이혁은 길게 숨을 내쉬며 커다란 손으로 풍성한 시은의 긴 머리카락을 쓸어내렸다.

"미안해, 누나."

"너까지 잃는 줄 알고……."

시은은 말을 끝맺지 못하고 어깨를 가늘게 떨었다.

이혁은 두 팔로 시은의 어깨와 허리를 강하게 끌어안았다.

한 팔에 다 들어올 정도로 바짝 마른 시은의 몸이 느껴졌다.

마음이 칼에 베였을 때보다 오히려 더 아프고 쓰라렸다.

시은이 고개를 들어 이혁을 올려다보았다.

그녀는 두 손으로 조심스럽게 이혁의 뺨과 턱을 어루만지며 입을 열었다.

"다친 곳은 없어?"

올려다보는 그녀의 눈에 어린 깊은 정이 이혁의 가슴을 송곳처럼 파고들었다.

"찰과상 정도야. 다 나았어."

"정말?"

"응."

이혁은 입술을 지그시 물며 나직한 목소리로 말을 이었다.

"장 선생님… 돌아가셨어… 누나……."

시은의 안색이 슬픔으로 흐트러졌다.

그녀는 숨을 크게 들이 마시며 말을 받았다.

"알아……."

그녀가 말을 이었다.

"그날 밤, 갑하산에서 있었던 일의 전후 사정은 대부분 파악했어. 석주 오빠의 시신은 혈해의 모용산 소당주가 신경을 써준 덕분에 그날 새벽 진혼의 선배들을 모신 사당에 안치할 수 있었어."

"그러지 않았을까 생각만 했었는데, 다행이군."

사건 당일, 싸움이 종료된 후 제이슨은 한국 내에서 가용한 모든 힘을 동원해서 갑하산에서 죽거나 다친 사람들을 모두 확보했다. 한국 정부에서 손을 쓰려고 할 즈음엔 이미 정리가 끝이 났을 정도로 그의 움직임은 빨랐다.

이혁은 그와 함께 있었기에 그가 회수한 시신들 중 장석주가 있는지 확인할 수 있었다. 하지만 장석주의 시신은 발견되지 않았고, 풀리지 않는 의문에 마음 한구석이 무겁던 참이었다.

시은이 물었다.

"다른 분들의 시신은 어디에 있어?"

이혁이 가라앉은 목소리로 대답했다.

"훼손되지 않게 모셔놨어. 언제든 인수할 수 있어, 누나."

시은은 이혁의 손을 잡아끌었다.

두 사람은 마주 앉았다.

시은은 이혁의 손을 두 손으로 꼭 잡은 채 물었다.

"그날 밤, 무슨 일이 있었는지 얘기해 줄래?"

이혁은 망설임 없이 고개를 끄덕였다.

시은이 그날 밤 사건의 윤곽을 대략적으로 파악했다고 했지만 구체적인 부분은 모르고 있는 것들도 많을 터였다.

그는 차분한 목소리로 당시의 일을 얘기해 주었다.

본래 그는 이야기에 살을 붙이는 성격이 아니었고, 시은도 이해를 위해 구구절절한 설명이 필요 없는 여자라 이야기는 10분도 되지 않아 끝이 났다.

입을 다문 이혁은 시은의 눈을 바라보았다.

그녀도 이혁의 눈을 마주 보고 있었지만 초점이 맞지 않았다.

생각에 잠겨 있는 것이다.

시은의 눈빛은 깊은 호수처럼 잔잔해서 무슨 생각을 하고 있는지 알기 어려웠다.

이혁은 침묵을 지켰다.

그녀의 마음을 헤아리려면 못할 것도 없었지만 그러고 싶지 않았다.

시은의 입술이 달싹거렸다.

"칼과 총을 사용하는 암살자, 혈해와 진혼, 앙천, 사무라이들, 타이료오바타 소속이라고 추정되는 자들, CIA와 독수리의 발톱, 경찰청, 태룡회… 그리고 괴물들… 그날 밤 움직인 개인과 세력은 이 정도라고 할 수 있겠네."

"드러난 자들은 누나 말대로야. 숨어 움직이던 놈들이 더 있을 거 같긴 하지만 파악하지는 못했어."

"그 많은 자들이 네게서 얻으려고 한 게 대체 무엇일까?"

"복잡하게 얽혔어, 누나."

"짚이는 게 있어?"

이혁은 고개를 끄덕였다.

"전시관에서 내가 쓰러뜨렸던 괴물들."

시은의 맑은 눈에 빛이 일렁였다.

이혁이 말을 이었다.

"그날 밤 나와 부딪쳤던 자들은 크게 나누면 세 부류인 거 같아. 순수하게 그냥 나를 죽이고 싶어 했던 자들이 하나, 나를 통해 괴물에 대한 정보를 얻고 싶어 하는 놈들이 두 번째, 그리고 괴물을 쓰러뜨렸던 내 힘의 근원을 알고 싶어 하는 자들이 세 번째야."

말을 잇는 그의 눈빛이 깊어졌다.

"첫 번째 부류는 그날 밤 이 하숙집에서부터 나를 추적했던 거 같고, 다른 놈들은 태룡의 서복만을 주시하다가 그곳을 방문한 내 뒤를 쫓은 거 같아. 첫 번째 부류는 뜬금없지만 두세 번째는 그렇지 않아. 그들이 나를 잡으려고 들 이유는 전시관의 괴물밖에 없어."

"그럼 서복만이 지원했던 일본인들이 괴물들과 관련되어 있다는 걸 파악한 자들이 여럿이었다는 말이네?"

이혁은 고개를 끄덕였다.

"그렇게 봐야겠지."

"네 말대로네… 정말 복잡하게 얽혔구나."

이혁과 시은은 입을 다물었다.

잠시 침묵이 흘렀다.

먼저 입을 연 건 이혁이었다.

"누나, 할아버님을 뵈어야겠어. 내가 무엇을 해야 하는지 상의드리고 싶어."

말을 하던 이혁은 흠칫했다.

그때까지 어느 정도 평정을 유지하고 있던 시은의 안색이 확 흐트러지며 깊은 슬픔으로 물들었기 때문이다.

"왜 그래, 누나?"

시은이 힘없이 중얼거리듯 대답했다.

"할아버지는… 실종되셨어."

"……!"

충격을 받은 이혁의 눈이 커졌다.

"무슨 소리야?"

"모용산 소당주에게서 석주 오빠의 시신을 인수하고 할아버지께 연락을 드렸어. 말씀을 드려야 했으니까. 그런데 전화를 받지 않으시더라. 느낌이 좋지 않아서… 사람을 보냈는데… 이미 끝이 나 있었어. 할아버지는 찾을 수 없었고, 할아버지를 경호하던 분들은 한 분도 예외 없이 살해당했어……."

시은은 길게 숨을 들이마시고 말을 이었다.

"현장을 보니까 돌아가신 분들은 다들 반항도 하지 못하고 당했어. 일선에서 은퇴한 분들이긴 하지만 태양회와의 처절한 전투 속에서도 살아남았던 중진 분들이."

그녀는 지그시 입술을 물며 말을 이었다.

"흔적으로 추정한 건데 방문했던 자의 수는 한 명뿐인 듯했어. 네가 상대했던 괴물 급의 프로가 그곳을 방문했던 거지. 당시 상황이나 그 이후 종적을 찾을 수 없는 걸로 볼 때 할아버지는 돌아가셨다고 생각하는 게 맞는 거 같아……. 할아버지를 노릴 만한 조직은 태양회와 타이요우, 앙천 정도인데… 누가 되었든 그들의 수중에 떨어지고도 목숨을 연명하실 분이 아니야."

이혁의 눈꼬리가 가늘게 떨렸다.

생각지도 못했던 상황이었기에 그의 놀람은 극에 달했다.

시은의 눈가에 눈물이 맺혔다.

장석주가 살해당하고 강수찬이 실종된 후로도 보름 가까운 시간이 흘렀다.

어느 정도 슬픔이 진정되었다고 생각했었지만 그건 그녀의 커다란 착각이었다. 슬픔은 안으로 깊이 파고들어 몸을 숨기고 있었을 뿐이었다. 이혁이라는 의지할 대상이 나타나자 슬픔은 오히려 전보다 더 커진 몸집을 가감없이 드러냈다.

홀로 슬픔을 견뎌내야 했던 서러움까지 더해진 감정의 파도가 그녀의 전신을 밀물처럼 덮쳐들었다.

비에 맞은 것처럼 주르륵 흘러내리는 눈물이 초췌한 그녀의 얼굴을 끊임없이 적셨다.

이혁은 시은의 손을 잡아당겼다.

힘없이 당겨온 그녀가 그의 품에 안겼다.

어깨뼈와 척추가 만져질 정도로 그녀는 말라 있었다.

손에 전해지는 그 느낌이 그의 가슴을 만신창이로 찢어놓았다. 보는 남자들의 넋을 빼놓던, 바람이 가득 찬

풍선처럼 탱글거리던 몸매가 단 보름 만에 이 지경이 된 것이다.

친인을 비명에 잃는다는 것이 어떤 건지 그는 너무도 잘 안다. 그래서 더 마음이 아팠다.

그가 중얼거렸다.

"나… 때문이야……."

그의 가슴에 얼굴을 묻은 채 시은이 도리질을 했다.

"원인이 너인 건 맞아… 하지만 자책할 일은 아니야… 언제든 그런 상황을 맞이할 수 있는 게 우리의 삶이니까… 적보다 강하지 못하면… 항상 대비하고 있지 않다면… 언제든지 그렇게 될 수 있는 게 '진혼'의 삶이니까… 그러니까 자책하지 말아… 혁아……."

꽉 잠긴 목소리.

이혁은 자신의 어깨에 더해지고 있는 많은 생명의 무게를 느꼈다.

그는 이를 악물었다. 그리고 말없이 시은의 어깨를 더욱 강하게 당겨 안았다.

지금 그가 그녀에게 해줄 수 있는 건 그것뿐이었다.

하지만 미래는 다를 것이었다.

잠시 그에게 몸을 맡기고 있던 시은이 가녀린 손으로

그의 가슴을 살며시 밀어냈다.

"놔줘, 숨 막혀."

시은이 이혁의 품을 벗어났다.

이혁은 손을 들어 시은의 뺨을 훑어 물기를 닦아냈다.

그와 눈이 마주친 시은은 배시시 웃었다.

힘이라곤 한 점도 느껴지지 않는 웃음이었다. 하지만 그 웃음만으로도 이혁은 조금 안심이 되었다. 웃을 수 있다면 일어설 수 있다는 걸 알고 있었기 때문이다. 시은은 쉽게 무너지지 않는, 강인한 여인이었다.

시은이 입을 열었다.

"진혼의 집행 파트는 너를 비롯한 두 명만이 남았어. 나를 정점으로 하는 정보와 행정 파트가 건재하고 네가 일당백일 만큼 강한 것도 인정하지만, 적에 비해 모든 면에서 지나치게 열세야."

그녀는 말을 하며 평소의 냉정함을 회복해 가고 있었다.

"이제 적들이 태양회와 타이요우만도 아닌 상황에서 우리가 적에 대해 아는 것도 너무 적어. 이 상태로 싸워서는 이기기 힘들어. 최선을 다해도 상잔(相殘)할 뿐이야."

"조직을 정비할 시간이 필요한 거지?"

이혁의 질문에 시은은 고개를 끄덕였다.

"응."

그녀가 말을 이었다.

"할아버지와 석주 오빠는 나를 철저하게 은폐시켰어. 나도 흔적을 남기지 않으며 움직여 왔고. 너 때문에 나를 주목하는 세력도 있겠지만 아직은 내가 '진혼'을 움직이고 있다는 것까지 알아내지는 못했을 거야. 그들이 추적할 수 없도록 깊이 숨어서 힘을 기를 생각이야."

"동감이야. 나도 시간이 필요해. 지금보다 더 강해지고 싶어, 누나. 나 혼자서도 모든 적을 상대할 수 있을 정도로."

"그게 가능해?"

이혁은 자신감 어린 미소를 지었다.

"시간만 충분히 주어진다면. 이 세상 전부와도 싸울 수 있을 만큼 강해질 수 있어."

시은은 눈을 크게 떴다.

자신을 안심시키기 위해 과장을 하고 있다고 생각했지만 이혁의 자신에 찬 얼굴을 보는 것만으로도 그녀는 충분한 위로를 받았고, 미래에 대한 불안이 덜어졌다.

이혁이 말을 이었다.

"누나는 날이 밝는 대로 떠나. 더 미적거리면 누나도 그들의 레이더를 피할 수 없게 될 거야. 강한 자들이니까."

"넌?"

이혁의 입가에 쓸쓸한 미소가 떠올랐다.

"마무리를 지어야 할 일들이 있어."

"괜찮겠어?"

"염려하지 마."

시은은 고개를 끄덕였다.

얼마 전까지 그녀는 이혁을 완벽하게 제어할 수 있다고 생각했었다. 하지만 지금 이 순간 그 생각을 포기해야 한다는 것을 깨닫고 있었다.

이혁은 이제 더 이상 소년이 아니었다.

그는 불과 보름 만에 어른이 되어 돌아온 것이다.

*　　　*　　　*

쾅쾅쾅!

"이 형사님! 이 형사님!"

언뜻 잠이 들었던 이수하는 차의 창문을 거칠게 두드리며 자신을 부르는 익숙한 목소리에 눈을 떴다.

목과 등이 뻐근했다.

앉아서 자게 되면 목이 직각으로 구부러지기 때문에 깊이 잠들수록 경추에 부담이 커진다.

이수하는 목을 이리저리 돌리며 창문 쪽으로 시선을 돌렸다.

박장수의 얼굴이 보였다.

날이 밝지 않은 시간, 박장수의 뒤로 가로등 불이 보일 뿐 희미한 여명에 젖은 골목은 아직 어둠에 잠겨있었다.

힐끗 이혁의 하숙집에 시선을 한 번 준 그녀는 창문을 내렸다. 그리고 이맛살을 잔뜩 찌푸리며 박장수에게 물었다.

"왜 왔어?"

그녀가 이곳에 홀로 잠복하고 있다는 걸 모르는 팀원은 없었다.

최태영 팀장과 팀원들도 이혁을 용의자로 보고 행동하는 그녀가 심하게 오버한다고 생각했지만 막지는 않았다. 팀의 일에 지장을 주는 것도 아니었고, 괜히 말리다가 그녀에게 찍히면 두고두고 괴로울 게 뻔했기 때문이었다.

그래서 박장수가 이곳에 나타난 건 이수하에게도 뜻밖일 수밖에 없었다. 그도 다른 사람들과 마찬가지로 보름 동안 코빼기도 비추지 않았었으니까.

"전화 좀 받으세요. 무슨 형사가 전화를 안 받습니까?"

이수하는 조수석에 던져 놓은 핸드폰을 집어 들었다. 화면을 열자 열 개가 넘는 부재중 전화 표시가 보였다.

화면의 시간은 5시 20분이었다.

그녀가 눈을 껌벅이며 입을 열었다.

"어… 미안, 깊이 잠들었나 봐. 무슨 일인데?"

"팀장님이 비상 걸었어요."

"비상?"

이수하는 얼떨떨한 얼굴이 되었다.

갑하산 사건은 세상에 알려지지 않았다. 경찰력도 그곳에 투입되지 않았다. 지금 대전의 형사들이 수사하고 있는 건 갑하산이 아니라 전시관 사건이었다.

두어 달에 걸쳐 수사가 지속되면서 여론도, 형사들도 많이 지쳤다. 당연히 분위기도 처음보다 많이 풀어졌다.

그런 시점이어서 특별히 비상을 걸 만한 사안은 없었다.

"사건 터졌어?"

"그런 건 아니고요. 우리 팀 전체가 부산에 가야 한답니다."

"무슨 자다가 봉창 두드리는 소리야? 우리 팀이 부산엘 왜 가?"

박장수는 인상을 쓰며 대답했다.

"저도 상세한 건 몰라요. 상부에서 오더가 떨어졌답니다. 팀장님도 펄펄 뛰셨는데 과장하고 서장한테는 씨알도 안 먹힌답니다. 더 위에서 떨어진 오더래요. 열외는 인정되지 않는다고. 이 형사님도 빠질 수 없답니다."

이수하는 멍해졌다.

들을수록 이해가 되지 않는 얘기였다.

"그게 뭔 개소리야?"

박장수는 고개를 휘휘 내저으며 등을 돌렸다.

"저도 모른다니까요? 어쨌든 오십쇼. 이번에 딴 데로 새거나 늦으면 팀장님도 바람막이 못하실 분위깁니다. 위에서 진짜로 지랄을 하고 있다고요."

근처에 정차시켜 놓은 자신의 차를 타고 박장수가 떠나자 이수하는 어이없다는 얼굴로 머리를 헤드시트에 기댔다.

"부산엘 가라고? 대체 어떤 놈이 그런 말도 안 되는 지시를 내린 거야? 미친 거 아냐?"

영문을 알 수 없는 일로 찾아든 혼란이 그녀의 목소리에 가득 했다.

경찰의 조직 문화는 절반의 군사 문화라고 해도 좋을 정도로 권위적이고 보수적이다.

지시가 떨어지면 그게 아무리 부당하다 해도 일단은 따라야 한다. 상명하복과 위계가 흐트러지면 무기를 항상 휴대하는 조직의 기강이 무너지고 뒷감당을 국민이 해야 하는 사태가 벌어진다.

입술을 잘근잘근 깨물던 이수하는 한숨을 내쉬며 차에 시동을 걸었다.

부우우웅―

거친 디젤 엔진음이 정적에 잠긴 골목을 깨웠다.

그녀의 시선이 하숙집을 향했다.

뇌리를 스쳐 지나가는 생각에 그녀는 가볍게 도리질을 했다.

"불가능해. 망상이야. 내가 지치긴 했나 보네… 혁이가 우리 수뇌부에 영향력을 행사했을 거라는 생각을 다

제8장 241

하고. 쌈박질 아무리 잘해도 그는 아직 고딩인데……."

그녀는 기어를 드라이브로 옮기며 말을 이었다.

"설마 내가 없는 사이에 오지는 않겠지……."

그녀의 얼굴이 일그러졌다.

그녀도 아는 것이다 .

설마가 사람 잡는다는 속담을.

그래도 어쩌랴.

위에서 명령이 떨어진 이상 일단은 따라야 했다.

나직한 한숨과 함께 그녀는 액셀을 밟았다.

2층 창문을 통해 골목을 내려다보고 있던 이혁의 입가에 쓸쓸한 미소가 떠올랐다. 이수하의 차가 멀어지고 있었다.

그는 안쪽으로 들어와 의자에 앉았다.

천천히 돌아본 집 안은 썰렁했다.

든 사람 자리는 모를 수 있어도 난 사람 자리는 금방 표가 난다고 했다.

시은은 이수하가 잠들어 있는 동안 하숙집을 떠났다. 가지고 온 물건이 없어서 들고 갈 것도 없어, 몸만 떠나면 되었다.

시은의 빈자리는 컸다.

이혁은 어깨가 처지는 기분에 공연히 주먹을 거머쥐었다.

시은도 떠나고 이수하도 떠났다.

가슴이 휑하니 구멍이라도 난 것처럼 허전했다. 이전에 느껴본 적 없는 낯선 기분이 그의 마음을 태풍처럼 휩쓸고 있었다.

핸드폰이 진동하지 않았다면 그의 감상은 좀 더 지속되었을 것이다.

[그녀는 떠났나?]

핸드폰에서 어색한 한국어가 흘러나왔다.

이제는 익숙해진 제이슨의 목소리였다.

"갔습니다."

[자네 부탁이라 힘을 쓰긴 했지만 시간을 많이 벌지는 못했네. 그 팀은 이틀 뒤엔 부산에서 돌아올 걸세.]

"이틀이면… 충분합니다."

[그럼 우리도 준비를 해놓도록 하겠네.]

"그러시죠."

짧게 말을 받은 이혁이 전화를 끊었다.

　　　　　＊　　　　＊　　　　＊

"오늘은 시은이가 늦는걸?"

오 여사는 오래전 본격적으로 하숙을 칠 때부터 사용해 온 커다란 식탁 주변에 둘러앉은 딸들과 소녀 하숙생들을 돌아보며 중얼거렸다.

지수가 고개를 갸웃거리며 말을 받았다.

"그러게, 엄마. 언니가 늦네?"

다들 서로를 돌아보며 이상하다는 표정을 지었다.

이혁이 있을 때 시은은 오 여사와 함께 아침 식사를 준비했었다. 이혁이 요양(?)을 간 후에도 일주일에 두어 번은 아침에 오 여사를 도왔다. 돕지 않는 날이라 하더라도 식사는 꼭 함께했다. 빠진 날은 한 번도 없었다.

이상해 하지 않을 수 없는 일이었다.

오 여사가 걱정스런 기색으로 입을 열었다.

"음… 어디 아픈 거 아닌가?"

시은을 친언니처럼 따르는 채현이 눈을 크게 뜨며 자리에서 벌떡 일어났다.

"어머니, 제가 올라가 볼게요."

"그래라."

교복 치마를 펄럭이며 거실을 가로지르던 채현이 움찔했다.

현관문이 열리고 있었던 것이다.

"언니?"

당연히 시은이 들어설 거라고 생각하던 채현이 길을 가다가 물벼락이라도 맞은 사람처럼 어깨를 떨며 그 자리에 우뚝 멈춰 섰다.

훤칠한 키에 입이 벌어질 정도로 탄탄한 체격을 한 교복을 입은 남자, 이혁이 열린 문을 통해 안으로 들어섰던 것이다.

"오… 빠?"

"나다."

이혁은 덤덤한 어투로 말을 받으며 오 여사를 향해 허리를 숙였다.

"저 왔습니다, 여사님."

벌떡.

"혁이 학생?"

얼떨떨한 반응은 오 여사.

"변태 오빠!"

비명처럼 소리 지르는 건 지수.

"혁아!"

조금 떨리는 코맹맹이 목소리는 미지.

쿠당. 콰당.

생각지도 못한 이혁의 갑작스런 등장에 놀란 오 여사와 소녀 군단(?)이 자리에서 벌떡 일어났다. 지수와 미지는 자리를 박차다시피 하며 일어난 터라 의자들이 버티지 못하고 뒤로 자빠졌다.

포커페이스인 지윤도 적지 않게 놀랐는지 눈을 크게 뜨고 자리에서 일어나 있었다.

채현이 이혁에게 안길 듯 달려들었다.

이혁이 슬쩍 상체를 비키자 엇갈리던 채현이 번개처럼 몸을 비틀며 두 손으로 그의 굵은 팔뚝을 꽉 붙잡았다.

"오빠, 아픈 거는? 괜찮아진 거야? 그렇게 안 봤는데 몸이 진짜 부실했던 거야? 쌈만 잘하면 뭐 해, 심장이 그렇게 부실한데!"

속사포처럼 쏟아지는 질문.

대답을 하는 대신 고개를 돌려 채현을 돌아본 이혁은 그녀의 커다란 눈에 그렁그렁하게 맺힌 눈물을 볼 수 있었다.

이혁은 멋쩍게 웃으며 커다란 손으로 채현의 길고 풍

성한 머리카락을 쓸어내렸다.

"그러게 말이다. 망신이지. 흐흐흐."

낮게 웃는 그의 얼굴을 본 채현의 눈가에 눈물이 흘렀다. 그녀는 사비고에서도 소문난 울보다. 물론, 울 일은 거의 없었다. 그녀가 울면 남영주가 나타나니까.

"훌쩍훌쩍… 힝… 진짜 걱정 많이 했단 말이야."

'이 녀석, 눈물 댐이 또 터졌구만, 쩝…….'

가슴께가 채현이 흘린 눈물로 푹 젖어들었다.

그녀의 머리를 부드럽게 쓰다듬던 이혁의 손이 아래로 내려와 그녀의 어깨를 톡톡 두드렸다.

"미안하다. 그렇게 됐다."

어깨에 올려진 그의 손이 기폭제라도 된 것처럼 채현이 그의 품으로 파고들었다.

혀를 찼지만 이혁은 그녀를 피하지 않았다.

그럴 수가 없는 분위기였다.

그는 채현의 어깨를 안고 등을 쓸어주었다.

"나 건강하니까 이제 걱정하지 마라."

"어떻게 걱정을 안 해! 심장이 좋지 않다는데!"

'그놈의 심장…….'

시은은 그의 부재에 대해 하숙집 여인들과 경찰, 학교

에 갑자기 심장에 이상이 생겨서 요양하러 갔다고 둘러 댔다.

사비고에 전학 왔을 때 그가 휴학했던 이유를 심장 질환이라고 말한 적이 있었기 때문에 그녀의 변명은 큰 의문 없이 받아들여졌다. 그의 심장 질환(?)과 관련된 병원 자료들이야 철두철미한 그녀가 이미 예전에 조작을 해놨었고.

어느 정도 어수선한 분위기가 가라앉고 다들 식탁 주위에 둘러앉았다.

오 여사가 이혁에게 물었다.

"언제 온 거니?"

"3시 좀 넘어서 왔습니다."

"별 보며 왔구나. 몸은 정말 괜찮아진 거니?"

"예, 좋아졌습니다. 걱정 끼쳐 드렸습니다."

"좋아졌다니 다행이구나. 그런데 시은이는?"

"누나는 서울에 일이 생겨서 새벽에 떠났습니다. 당분간은 못 올 겁니다."

"말도 없이?"

"제게 시간이 일러서 뵙지 못하고 떠난다고, 죄송하다고 전해달라고 했습니다."

오 여사의 미간에 그늘이 졌다.

다른 소녀들이야 이제 스물도 안 되어서 이혁의 말에 크게 이상을 느끼지 않고 있었지만 그녀는 달랐다.

그녀는 이 험한 세상에서 산전수전 다 겪으며 홀로 두 딸을 반듯하게 키운 여인이었다. 눈치가 남달랐고, 사고의 폭도 미성년 소녀들과 비교 자체가 의미 없을 정도로 넓었다.

그녀는 이혁을 보며 빙그레 웃었다.

"그럼 이제 정상적으로 학교에 다닐 수 있겠네?"

이혁과 그녀의 눈이 허공의 한 점에서 만났다.

이혁은 오 여사가 더 이상 질문하지 않을 것이라는 걸 직감했다.

고마운 일이었다.

그가 대답했다.

"예, 여사님."

미지가 끼어들었다.

"너, 어디 가 있었던 거야?"

그때 오 여사가 미지를 눈짓으로 말리며 입을 열었다.

"혁이 얘기는 있다가 학교 다녀와서 하는 게 어떻겠니? 여기서 더 늦으면 다들 지각할 거 같구나."

소녀들의 시선이 일제히 벽시계를 향했다.
그녀들은 입을 다물었다.
오 여사의 말이 옳았기 때문이다.
수저를 움직이는 소녀들의 손길이 바빠졌다.
그녀들을 보는 이혁의 눈에 모호한 빛이 떠올랐다.
그는 느끼고 있었다.
이 너무도 평범한 순간이 얼마나 소중한지를.

대전 둔산동 관공서 밀집 지역 부근의 안가.

윤성희는 허리를 깊숙이 숙였다.

윤석구가 그녀를 보며 싱긋 미소를 지었다. 그리고 옆을 돌아보며 입을 열었다.

"이 친구가 경찰청 특수 수사과의 윤성희 경감입니다, 원장님."

의자에 앉아 깊은 호수처럼 가라앉은 눈으로 윤성희를 보고 있던 김인성의 입가에 가는 미소가 떠올랐다.

그는 일어나서 손을 내밀었다.

"김인성일세."

"경감 윤성희입니다."

윤성희는 조심스럽게 그의 손을 살짝 잡았다가 놓았다. 절도와 기품이 담겨 있는 동작.

그녀의 맑고 빛나는 눈을 지그시 보며 김인성이 말했다.

"청장과 2차장에게 얘기 많이 들었네. 두 분 다 입에 침이 마르도록 자네 칭찬을 하셨네. 그런데 직접 보니까 칭찬이 오히려 모자란 듯하구만."

평소 사람에 대한 평가에 박한 김인성의 입에서 나온 말이다. 이 정도면 극찬이라 해도 과언이 아니었다.

"하하하."

윤석구의 입에서 낮지만 기분 좋은 웃음소리가 났다. 품 안의 구슬처럼 아끼는 조카가 존경하는 상급자의 칭찬을 받자 그의 가슴에 뿌듯함이 가득 차올랐다.

김인성의 손짓을 받은 윤성희가 탁자의 맞은편 의자에 앉았다.

김인성이 입을 열었다.

"보고서는 잘 보았네. 하지만 자네에게 직접 얘기를 들어야겠다는 생각이 들더군. 그렇다고 보고서가 미진했다는 건 아닐세."

그는 빙그레 웃으며 농담조로 한마디를 던진 후 말을

이었다.

"일단 궁금한 것부터 물어보지. CIA의 제이슨이 요구한 대로 청장에게 얘기해서 대전중부서의 강력2팀을 부산으로 사흘간 출장 보냈네. 윤 차장님의 말로는 CIA가 지방경찰서의 강력팀 운용이라는 사소한 것에 관심을 가진 이유를 윤 경감이 알고 있다고 하던데, 사실인가?"

"그렇습니다."

김인성의 얼굴에서 미소가 사라졌다.

"자네가 작성한 보고서의 내용과 그 일이 관련 있는 건가?"

"예."

"내게는 전시관과 갑하산 사건이 그 강력팀의 부산 출장과 어떤 관련이 있는지 보이지 않던데, 말해보게."

윤성희는 살짝 혀를 내밀어 입술을 적셨다.

긴 이야기가 될 터였다.

30분 가까이 지속된 윤성희의 이야기가 끝났다.

늘 온화한 표정을 트레이드마크로 하던 김인성이었지만 지금은 미간에 굵은 세로 주름을 잡은 채 얼굴을 찡그리고 있었다.

침묵은 수 분간 지속되었다.

김인성이 입을 열지 않고 생각에 잠기자 윤석구와 윤성희는 그를 방해하지 않고 기다렸다.

잠시 후 김인성이 윤성희를 보며 물었다.

"그러니까 자네 말은, 이혁이라는 고등학생이 모든 사건의 중심에 있다, 이건가?"

"그렇습니다, 원장님."

"허……."

김인성은 어이가 없다는 듯 탄성을 토했다.

"솔직히 믿기 어렵구만. 비록 갑하산에서 일어난 전투는 글로 읽을 수밖에 없었지만 전시관 동영상과 서복만을 죽이던 순간의 녹화 영상은 윤 차장님이 준비를 해주어서 볼 수 있었네."

그는 불신의 기색을 감추지 않으며 말을 이었다.

"입이 다물어지지 않을 정도로 대단한 전투력이더군. 국정원 소속의 히트맨 전부를 떠올려 보아도 그와 비교할 만한 인물은 찾을 수가 없었네. 그런 전투의 특급 스페셜리스트가 고등학생이라는 얘기를 지금 나보고 믿으라고 하는 건가?"

"예."

김인성의 긴 질문에 대한 윤성희의 답변은 성의가 없다 싶을 정도로 짧고 분명했다.

김인성의 눈빛이 쏘는 듯 날카로워졌다.

"증거는?"

"저입니다."

"자네?"

기대했던 대답이 아니었기에 김인성의 목소리에는 어리둥절해 하는 기색이 담겨 있었다.

윤성희가 입을 열었다.

"예, 제가 직접 그와 대화를 했습니다. 그가 복면인이라는 다른 물적 증거는 없습니다."

받아들이기에 따라서는 믿든지 말든지 맘대로 하라는 식이 될 수도 있는 답변이었다.

다른 사람이 이렇게 말했다면 김인성은 상대가 억지를 부린다고 생각하며 당장 일어나 방을 나갔을 것이다.

하지만 그는 어이없을 징도로 난순하고 당당한 윤성희의 답변이 진실이라는 것을 믿었다.

윤성희가 윤석구의 조카라는 이유도 조금 작용했지만, 김인성은 공사 구분이 명확한 사람이라 그 영향은 없다 싶을 만큼 적었다.

그에게 믿음을 준 건 윤성희의 강하게 빛나는, 흑백이 선명한 두 눈이었다.

저런 눈빛을 하고 거짓말을 하는 사람이 있다면 그는 아카데미 여우주연상을 호주머니 속의 사탕처럼 여길 수 있을 것이다.

김인성은 얼굴을 폈다. 그리고 허리를 꼿꼿이 세웠다.

"자네 말을 믿지. 그 전제하에 자네 얘기를 듣겠네. 의견을 말해보게."

윤성희는 당연하다는 얼굴로 입을 열었다.

이 자리는 모 아니면 도나 마찬가지다.

자신을 믿지 않는다면 더 이상의 대화는 의미가 없었다.

이제부터 김인성에게 말해야 하는, 그녀가 파악한 것들과 앞으로 해야 할 것들은 상식에서 많이 벗어나 있었기 때문이다.

그녀의 입술이 천천히 벌어졌다.

"이혁이라는 인물을 알게 된 후, 제가 가장 먼저 한 일은 그의 과거를 파악하는 것이었습니다……."

다시 그녀의 긴 이야기가 시작되고 있었다.

*   *   *

제이슨이 마련한 안가에 머물렀던 보름 동안 9월은 중순을 넘어 하순으로 달려가고 있었다. 그래서인지 버스의 창밖으로 보이는 하늘이 더 높아진 것처럼 보였다.

오늘따라 유난히 사람이 더 많은 것 같다고 느꼈는데 그건 착각이 아니었다. 등교하는 학생들로 발 디딜 틈조차 없는 버스 안은 콩나물시루와 같았다.

'이거… 펄쩍 뛰면 두 발이 허공에 뜬 채 고정될 수도 있겠군.'

양옆과 뒤에서 밀어대는 몸뚱이들의 압력은 장난이 아니었다.

좌우와 뒤만 그런 것도 아니었다.

이혁은 속으로 혀를 차며 눈을 아래로 내렸다.

그를 올려다보고 있던 미지가 눈이 마주치자 눈가에 함빡 미소를 머금었다.

이혁의 한숨이 깊어졌다.

"손은 좀 내리면 안 될까? 너무 붙는 경향이 있다, 너."

가방을 등에 멘 미지는 양손으로 그의 허리를 꽉 끌어안고 있었다.

미지는 혀를 쏙 내밀며 고개를 저었다.

"그러고 싶지만……."

그녀는 턱짓으로 사방을 가리키며 말을 이었다.

"불가능한 상황이거든."

"불가능하길 바라는 상황이겠지."

미지가 곱게 눈을 흘겼다.

"알면 입 다물고 즐겨."

그녀는 누가 밀기라도 한 것처럼 이혁의 가슴에 자신의 가슴을 붙이고 세게 눌렀다. 공처럼 탄력 있는 묘한 느낌이 그의 가슴을 가득 채웠다.

미지는 자타가 공인하는 사비고 제일의 베이글녀다.

아마도 대전의 십대와 이십대 여성 전체를 통틀어도 그녀만큼 완벽한 팔등신 글래머는 찾기 어려울 것이다. 누구보다 몸매에 자신 있어 하는 채현조차 그녀 앞에서는 다소곳해질 정도니 두말할 필요 없었다.

이혁은 혀를 찼다.

'환장하겠군.'

둘 사이의 거리는 제로였다.

이런 과한 스킨십(?) 상태에 처한 남자, 그것도 이제 체력의 절정에 오르고 있는 남자의 생리적인 반응은 뻔하다.

아래쪽에 힘이 잔뜩 들어가고 있었다.

이혁은 사내 알기를 발가락의 때처럼 여기던 이수하를 정신 못 차리게 만들었던 상남자(?)다.

미지의 얼굴에 흠칫한 기색이 떠오르는가 싶더니 바로 눈빛이 몽롱해졌다.

이혁은 허리를 뒤로 빼기 위해 안간힘을 썼다. 하지만 그것도 쉬운 일은 아니었다.

그의 뒤에 있는 사람도 여학생이어서 심하게 밀어붙이면 딱 성추행범 소리 듣기 좋을 자세가 되기 때문이었다.

잠시간의 몸부림 후 저항을 포기한 이혁의 하체와 미지의 하체가 딱 달라붙었다.

미지의 볼이 사과처럼 발갛게 달아오르며 이혁의 턱에 전해지는 입김이 확연하게 뜨거워졌다. 반면 시간이 갈수록 이혁의 안색은 창백해져 갔고, 이마에는 식은땀까지 송골송골 솟아났다.

아무도 믿지 않을 테지만 그는 이런 상황을 정말 원치 않았다.

마음을 접었지만 그는 이수하 외의 다른 여자와는 어떤 스킨십도 원치 않았다. 시간이 좀 더 흐른 뒤라면 몰라도 지금은 아니었다.

상대가 미지라면 더욱 그랬다. 얽혀서 끝이 좋았던 기억이 없는 여자가 그녀였으니까.

그때 구원의 손길이 이혁을 찾아왔다.

이혁의 허리를 부러뜨리기라도 할 기세로 꽉 부여잡은 채 환한 미소를 짓던 미지의 얼굴이 갑자기 일그러졌다.

"아윽!"

그녀는 작은 비명을 지르며 고개를 돌려 오른쪽을 노려보았다.

지수가 혀를 쏙 내밀며 한 팔을 이혁과 미지의 가슴 사이로 집어넣었다. 계속 막았다가는 교복 상의가 찢어질 판이라 미지는 어쩔 수 없이 상체를 뒤로 젖혀 이혁과 거리를 벌렸다.

그 틈을 놓치지 않고 지수가 두 손으로 이혁의 가슴을 꽉 끌어안고는 그의 겨드랑이 사이에 머리를 파묻었다.

이혁은 쓰게 웃었다.

그는 지수가 자신을 남자로 좋아하는 게 아니라는 걸 알고 있었다. 그러기에 지수는 아직 어린아이였다.

지수는 그를 남자가 아닌 자신의 보호자로 여기고 있었다. 그래서 남에게 뺏기고 싶지 않은 것이다.

어린아이의 독점욕이다.

기회를 얻은 건 지수만이 아니었다.

왼쪽에서는 채현이 지수와 똑같은 자세로 그를 끌어안고 있었다.

미지의 뒤에 서서 고개를 모로 꼬고 그를 보고 있는 미소녀가 그의 눈에 들어왔다.

하숙집 소녀 군단 중에서 그와 스킨십이 없는 유일한 여자, 처음 만났을 때보다는 관계가 많이 개선되긴 했지만 여전히 그에게는 시크하기 이를 데 없는 미소녀 지윤이었다.

지윤의 얼굴에는 한심스러워 하는 기색이 노골적으로 떠올라 있었다.

그가 한숨을 내쉬며 말했다.

"휴우… 봤잖아. 이 상황은 내 의지와는 전혀 상관이 없다고!"

지윤의 입술이 움직였다.

소리는 나지 않았지만 무슨 말을 하고 있는지 아는 건 그리 어려운 일이 아니었다.

'바람둥이 변태!'

"쿨럭……."

사례가 들린 것처럼 이혁의 입에서 절로 헛기침이 튀

어나왔다.

서로를 돌아보는 세 소녀의 눈에서 불똥이 튀었다. 그들 사이의 공기가 뜨거워졌다.

하지만 이혁은 등골에 한기를 느끼고 있었다.

버스 안은 남녀 성비율이 심하게 불균형했다. 여학생이 30퍼센트 정도이고 남학생이 70퍼센트 정도였으니까.

그 많은 남학생의 이목이 이혁과 미소녀들에게 집중되어 있었다.

고개를 돌려 이혁을 보는 학생은 없었지만 다른 곳을 보는 척하면서 예외 없이 곁눈질하느라 바빴다.

티엔티가 한 자리에서 이혁에 의해 먼지처럼 부서진 후로 대전에서 그를 모르는 남학생은 거의 없다. 더구나 그가 매일 아침 등교하는 버스에 타는 학생들이 그를 모를 수는 없다. 당연히 그와 눈을 마주칠 정도로 간이 큰 학생이 있을 리 없었다.

이혁은 그제야 자신이 탄 버스에 남학생이 여학생보다 많고, 승객들의 절대 숫자도 지나가는 다른 버스보다도 많은 이유를 알 수 있었다.

대전에서 손꼽히는 미소녀 네 명이 한 버스에 타고 있으니 다른 버스를 타야 했던 타학교 남학생들까지도 등교 시간을 포기하고 이 버스를 탄 것이다.

'진짜 애들에게 둘러싸여 있으면 언젠가 눈먼 칼에 맞아 이 세상을 하직할지도 모르겠구나.'

이혁은 전시관과 갑하산에서도 느끼지 못했던 인생의 위기를 느꼈다.

진심(?)이었다.

그런 마음이었던 터라 지수와 지윤이 몇 정류장 앞에서 내리고, 버스가 사비고 정문 부근 정차했을 때 이혁은 눈물을 흘리고 싶을 만큼 커다란 해방감을 만끽할 수 있었다.

그러나 그 해방감도 잠깐이었다.

학교 정문이 가까워질수록 이혁의 이마에 주름이 하나 둘 늘어났다.

"형님, 등교를 환영합니다."

정문 앞에 늘어서 있던 덩치들이 일제히 허리를 90도로 꺾으며 인사를 했다.

선두에는 그가 이상우와 떨거지들이라고 부르는 이상우, 김세욱, 이명호 등이 있었다. 그들 옆에는 장덕성도 있었고.

이상우를 비롯한 사비고 일진 그룹 일레븐의 조직원(?)

들이 허리를 푹 꺾자 뒤에 서서 흐뭇한 얼굴로 미소 짓고 있는 잘생긴 남학생의 모습이 이혁의 눈에 들어왔다.

이혁이 삐딱하게 고개를 모로 꼬며 그 미남 학생, 남영주에게 물었다.

"너냐? 이 쪽팔리는 짓을 시킨 작자가?"

심사가 꼬였으니 말투도 시비조다.

그렇다고 이혁의 눈치를 볼 남영주도 아니다.

그는 어깨를 으쓱하며 대답했다.

"설마! 날 뭐로 보는 거야. 내가 이런 걸 시킬 사람같이 보여!?"

이혁은 0.1초의 망설임도 없이 고개를 끄덕였다.

"응."

남영주의 조각칼로 민 것처럼 매끈한 귀밑에 굵은 땀방울이 맺혔다. 그는 한 손도 아니고 두 손으로 손사래를 치며 말했다.

"버스에서 네가 내리는 걸 봤다는 학우의 얘기를 듣자마자 애들이 우르르 모여들더니 정문으로 득달같이 달려 나온 거다. 절대로 내가 시킨 게 아니야."

"그렇게 강력하게 부정하니까 더 의심스러운데?"

이혁이 눈을 가늘게 뜨며 시큰둥하게 말했다.

남영주는 어색하게 웃으며 앞으로 걸어나왔다.

사실 이혁이 오랜만에 등교하고 있다는 소식을 듣자마자 그는 이상우에게 소소한 환영식을 준비하라고 했다.

사비고가 이혁을 잊지 않고 있었다는 걸 알려주고 싶었고, 아무도 아는 척하지 않으면 이혁이 서운해 할지도 모른다고 생각했던 것이다. 그 나름의 배려였지만 주목받는 걸 좋아하지 않는 이혁으로서는 질색할 일이었다.

남영주의 앞에 있던 남학생들의 대열이 썰물처럼 갈라지며 길이 났다.

성큼성큼 걸어온 남영주가 이혁의 어깨에 팔을 둘렀다.

"아무튼 건강해 보이니까 좋군. 환영한다, 이혁."

이혁이 팔뚝에 돋은 굵은 소름을 손으로 쓸어내렸다.

그제야 남영주의 시선이 이혁의 옆에 서서 그를 빤히 보고 있던 채현에게 닿았다.

그와 눈이 마주친 채현이 눈을 흘기며 말했다.

"나는 안 보였지, 오빠?"

남영주는 싱긋 웃으며 남은 한 팔로 채현의 어깨를 안아 당기며 짓궂은 미소를 지었다.

"너, 언제부터 거기 있었던 거냐?"

"너무해!"

채현의 볼이 통통해지자 남영주는 크게 웃었다.

"하하하!"

그는 웃으며 걸음을 옮겼다.

채현은 주춤거리며 끌려갔지만 이혁이 어떤 남잔데 남영주가 끄는 데로 갈까.

그는 거침없이 어깨를 튕겨 남영주의 팔을 털어냈다.

"난 남자 별로거든."

조금 탁한 중저음에서 상남자의 포스가 풍겼지만, 남영주는 코웃음을 쳤다.

"흥, 여자나 사귀며 그런 말을 하면 내가 믿어주지. 최소한 모태솔로로 의심되는 외모라도 좀 그럴듯하게 꾸미고 말을 하던가."

"모… 태… 솔… 로."

중얼거리는 이혁의 볼 살이 파르르 떨렸다.

'수하가 들었으면 넌 내년 오늘이 제삿날이었다, 자식아!'

입 밖으로 내뱉을 수가 없어서 더 안타까운 한마디였다.

어수선한 정문에서의 환영식(?)이 끝나고 돌아온 교실에서도 이혁은 편해지지 않았다.

장덕성과 이상우가 달라붙은 것이다.

"형님, 진짜 괜찮아지신 겁니까?"

장덕성이 눈에 호기심을 가득 담고 물였다.

"크게 아픈 것도 아니었다. 이제 괜찮으니까 신경 꺼라."

"정말요? 소문으로는 형님 심장에 이상이 생겨서 오늘내일한다고 했거든요."

장덕성을 상대한 세월도 반년 가깝다.

그의 질문을 계속 받아주면 한도 끝도 없다는 걸 잘 아는 이혁은 단칼에 장덕성의 호기심을 잘라 버렸다.

"헛소문이야."

단호하고 완강한 반응.

다른 때 같았으면 장덕성도 이 정도에서 물러났을 것이다. 하지만 이혁이 부재중인 동안 너무도 무성했던 소문의 진위를 확인하고 싶다는 열망이 그의 간을 키웠다.

"그래도 형님, 심장이라는 것이 그렇게 쉽게 회복……."

이혁의 눈이 맹수의 그것과 같은 빛을 발했다.

"거기까지."

"끄응……."

장덕성은 혀 위를 구르고 있는 수많은 질문을 되삼켰다.

이혁이 이런 반응일 때 달라붙으면 그다지 반가운 대접을 받지 못한다는 걸 경험으로 알기 때문이었다.

장덕성이 꼬리를 말자 옆에서 순서를 기다리던 이상우는 끼어들지도 못한 채 제자리로 돌아갔다.

이후의 전개는 예전과 같았다.

이혁은 멍한 얼굴로 칠판을 바라보다 간간이 창밖으로 시선을 돌리곤 했다. 그것만으로도 교실 안은 쥐죽은 듯 조용해졌다, 그가 있었을 때는 언제나 그랬듯이.

'나를 아는 조직이 몇이나 되는지 파악하는 데는… 반나절이면 충분하겠지. 내가 이렇게 모습을 드러냈으니 내가 그 복면이라는 걸 안다면 분명히 어떤 식으로든 움직일 거다. 그 후에… 조정대가 말한 그놈을 잡는다.'

멍한 듯 풀어진 이혁의 눈동자 깊은 곳에 섬뜩한 빛이 어른거렸다. 하지만 이 자리에 그것을 알아볼 수 있는 사람은 아무도 없었다. 평범한 학생들이 모인 교실인 것이다.

이혁은 팔짱을 끼고 눈을 감았다.

수업이 시작될 때까지는 아직 시간 여유가 있었다.

'떠나기 전에 나에 대해 아는 놈들이 몇이나 되는지 그들이 누구인지 확실하게 해놓을 필요가 있다. 그럼 내가 폐관은둔해 있는 동안 누나와 제이슨이 그들의 뒤를 추적할 수 있을 거야.'

시은이 바로 떠난 후에도 이혁이 대전에 남은 것에는

그럴 만한 이유가 있었다.

그만이 할 수 있는, 그리고 반드시 해야만 하는 일이 남아 있었던 것이다. 자신을 노출시켜야만 결과를 얻을 수 있는 일이.

그는 볼에 닿는 강한 시선을 느끼고 고개를 돌렸다.

채현이 커다란 눈에 미소를 듬뿍 담고 그를 보고 있었다.

이혁은 덤덤하게 웃어주었다.

'녀석… 미안하다…….'

그는 속으로 중얼거리며 정면으로 시선을 옮겼다.

이수하와의 만남은 남녀 간의 감정 흐름에 대한 그의 감각을 다른 차원(?)으로 끌어올렸다. 덕분에 그는 이제 채현이 자신에게 어떤 감정을 품고 있는지 분명하게 알고 있었다. 하지만 아는 것과 받아들이는 건 완전히 다른 문제였다.

애당초 이수하 외에는 다른 여자에게 관심도 없었지만, 설령 관심이 있었다 해도 이제는 진전이 있을 수도 없었다.

이수하와도 끊은 인연이었다.

다른 여자, 그것도 아직 이마에 젖비린내가 가시지 않은 고딩이라면 말할 것도 없었다. 또 그녀만이 엇갈린 인연의 주인공인 것도 아니었고.

'나쁜 추억으로 남지 않기를 바랄 뿐…….'

이혁은 눈을 감았다.

*　　　*　　　*

"Reckless(제멋대로)!"

레나가 긴 금발을 신경질적으로 흔들며 짜증이 잔뜩 묻어나는 목소리로 중얼거렸다.

게임 조종기를 붙든 채 화면에 나오는 포르쉐를 몸까지 비틀며 운전하고 있던 에이단이 말을 받았다.

"통제가 안 되긴 해도 그의 능력을 생각하면 무모한 건 아니잖아."

"칼과 총알에는 눈이 없어."

레나가 볼을 불퉁거리며 말을 받았다.

느긋하게 몸을 왼쪽으로 틀어 화면의 포르쉐가 코너를 돌아 나가게 만든 에이단이 소리 없이 웃으며 입을 열었다.

"그를 쓰러뜨릴 수 있는 검객이나 몸에 총알을 박아 넣을 수 있는 명사수가 있을까? 아마 전 세계를 통틀어도 몇 명 되지 않을걸?"

"그 몇 안 되는 놈들 중에 하나가 이 나라에 들어와 있을지도 모르잖아?"

"중국에서는 그런 걱정을 기우(杞憂)라 한다더라고."

약이라도 올리는 것처럼 평온한 어투로 말을 하던 에이단은 게임 조종기를 내려놓으며 레나에게 고개를 돌렸다.

"그런데… 레나, 내 귀에는 지금 레나가 그 친구를 많이 걱정하고 있는 것처럼 들리는데. 맞아?"

검은 피부 속에 숨은 푸른 진주처럼 반짝이는 에이단의 시선을 받은 레나가 흠칫한 얼굴로 아무렇지도 않은 듯 슬쩍 에이단의 시선을 비꼈다.

"쓸데없는 소리 하지 마. 누가 그렇게 제멋대로인 인간을 걱정하겠어!"

"누구긴 누구야, 내 앞에 있는 레나지."

"흥!"

레나는 코웃음과 함께 고개를 홱 돌렸다.

에이단은 다시 게임 조종기를 들어 올렸다.

"제이슨이 그 친구 주변에 그물을 풀어놓았어. 누가 그 친구에게 접근하든 제이슨의 눈을 피할 수는 없을 거야. 추가 투입된 줄리앙과 빅토리아가 그곳에 있으니 어떤 상황에서도 그 친구는 안전해. 그러니까 레나도 쉬면서 기다리면 돼."

레나가 눈을 가늘게 뜨고 에이단을 흘겨보며 말했다.

"너하고 대화를 하면 세상에 걱정할 일이 하나도 없다니까."

에이단은 싱긋 웃으며 말했다.

"내가 인상 쓴다고 세상이 눈곱만치라도 바뀔 거 같아? 그렇지도 않은데 인상을 쓸 필요가 뭐 있어."

*   *   *

우두둑.

뼈가 어긋나는 소리가 옆에 있는 사람의 귀에 들릴 만큼 크게 났다. 조심스럽게 상체를 일으키던 타케시는 얼굴을 일그러뜨리며 다시 침대에 털썩 몸을 뉘였다.

"shit……."

그의 벌어진 입술 사이로 들릴 듯 말 듯한 욕설이 흘러나왔다.

베개에 머리를 묻었던 그가 고개를 돌려 옆을 보았다.

그의 시선을 받은 여인의 입가에 미소가 떠올랐다. 아이보리색 정장을 입은 백인 여성은 170이 넘는 키에 관능적인 몸매의 소유자였는데 얼굴도 흔히 보기 어려운 미인이었다.

"제시카, 분명 CIA의 히트맨들이냐?"

"예, 보스. 몇 번에 걸쳐 확인했어요. 그들을 지휘하는 사람은 CIA 동북아 지부 한국 담당 제이슨 래드너였어요."

"CIA의 히트맨들이라… 그렇게 큰 사건을 누가 지웠는지 궁금했는데 이제야 궁금증이 풀리는군. 미국이었어……."

그는 눈살을 찌푸렸다.

"내 조국이 한국에서 내 편을 들지 않고 다른 놈 편을 드는 걸 봐야 하다니. 기분이 별로인걸."

제시카라고 불린 여인의 눈빛이 요염해졌다.

"미국 정부가 언제는 보스 편을 들어주었던가요?"

"내 편은 아니더라도 할아버지와 아버지 편은 많이 들어줬었지."

대답에 성의가 없었다.

그는 천장을 올려다보며 중얼거렸다.

"자신을 드러내고 CIA가 지켜본다… 자신을 미끼로 삼겠다 이건가? 그런 움직임을 보인다는 건 이혁과 CIA

가 갑하산에 나타났던 조직들의 정체를 아직 모두 파악하지 못했기 때문일 테고… 아무튼 누구 발상인지는 모르겠지만 나쁘지 않은 움직임이야."

"보스, 상대를 칭찬하실 때가 아닌 것 같습니다만?"

타케시의 입가에 쓴웃음이 떠올랐다.

그가 물었다.

"제시카, 우리도 파악되지 않은 자들이 아직 남았지?"

"예, 전력을 다해 조사하고 있긴 합니다만… 마지막에 나타났던 자들의 정체는 파악하지 못했어요."

타케시의 눈이 가늘어졌다.

"혈해, 진혼, 앙천, 제천회, 이혁 근처를 맴도는 연미지라는 여자의 아버지가 보낸 히트맨, 독수리의 발톱, 그리고 나……. 제시카, 그 모두를 상대했던 이혁이 등을 보이고 도주하게 만든 자들이 있어. 그들이 누구인지 반드시 밝혀내야 해."

제시카의 눈가에 긴장된 기색이 스쳐 지나갔다.

그녀는 타케시와 보통 관계가 아니었지만 그는 공적인 업무 영역에서는 사적 감정을 전혀 고려하지 않는 냉혹한 남자였다.

"최선을 다하고 있어요. 조만간 보스가 만족해하실 만

한 소식을 얻을 수 있을 거예요."

"그러길 바란다."

묵직한 목소리로 말을 받은 타케시가 연이어 지시를 내렸다.

"동양에는 뛰는 놈 위에 나는 놈이 있다는 속담이 있지. 이혁과 CIA를 주시하도록. 혈해와 앙천, 제천회는 아직 이혁이 복면인라는 것을 알지 못한다. 마지막에 나타났던 자들이 그가 복면인이라는 걸 아는지는 확인되지 않았지만."

그는 제시카를 보며 싱긋 웃었다.

"만약 이혁 주변에 모습을 드러내는 자가 있다면 그들일 가능성이 가장 커. 비록 독수리의 발톱이 개입했다고 해도 그들은 맨몸뚱이만으로 나와 타이료오바타가 어쩌지 못했던 이혁을 패주시켰어. 그럴 수 있는 가능성은……."

그의 음성에 열기가 어렸다.

"그들은 진정한 마루타 연구와 관련이 있을 가능성이 높다. 그리고 그게 사실이라면 반드시 그들을 손에 넣어야 해. 어떤 희생과 수단을 동원해서든. 가문 내에서 형을 넘어설 수 있는 가능성이다. 그러니 절대로 놓쳐서는 안 돼."

"예, 보스. 모두 목숨을 걸고 있어요."

굳은 목소리로 대답을 한 제시카가 가볍게 숨을 들이마시며 한 걸음 앞으로 나섰다.

"잠시라도 쉬세요. 몸이 회복되지 않은 상태에서 지나친 심력 소모는 좋지 않아요."

다가서는 그녀를 보는 타케시의 눈가에 희미한 열기가 피어났다.

그 눈에 실린 의미를 알아차린 제시카의 얼굴에도 붉은 빛이 어렸다.

그녀의 손이 타케시의 하체를 덮고 있는 이불 아래로 파고들었다.

"으음……."

제시카가 어디를 어떻게 만졌는지 강철 같은 타케시의 입에서 가는 신음이 흘러나왔다.

이불을 잡아 바닥에 던진 제시카는 요염한 미소를 지으며 조심스럽게 침대 위로 올라갔다. 그녀의 두 손이 자신의 치마 밑단을 잡아 위로 끌어올렸다.

방 안의 분위기가 뜨겁게 달아올랐다.

지잉- 지잉-

바지 호주머니가 둔탁하게 진동했다.

이전에 늘 그랬던 것처럼 점심시간이 되자 운동장 구석의 벤치에 팔베개를 하고 누워 있던 이혁은 핸드폰을 꺼냈다.

-Quiet!

액정에 떠 있는 문자 메시지를 본 이혁은 눈살을 찌푸렸다.

다른 단어였다면 해석하기 위해서 인터넷을 검색해야 했을 테지만 다행히 메시지의 단어는 그가 알고 있는 드문 영어 단어 중에 하나였다. 그러나 그 단어는 반갑기는 커녕 짜증만 불러일으켰다.

'놈들이 움직이지 않는다……'

메시지는 제이슨이 보낸 것이었다.

단어에 담겨 있는 의미는 단순하고 분명했다. 'Quiet'는 이혁 주변에 다른 조직의 촉수가 보이지 않는다는 뜻이었다.

일부러 스스로를 노출시키는 위험을 감수했는데도 아무런 성과가 없다면 당연히 짜증이 날 수밖에 없었다.

'아직 내 정체를 파악하지 못한 조직들이 날 주시하지 않음은 이해할 수 있다. 하지만 그놈이 움직이지 않는다는 건……'

이혁의 눈빛이 깊어졌다.

그의 뇌리에 타이료오바타로 추정되는 자들을 이끌던, 아마도 일본계일 것이 분명한 외국인의 모습이 뚜렷하게 떠올랐다.

'그자는 장 선생님과 나의 관계를 알고 있었다. 그건 내 정체를 파악하지 못했다면 있을 수 없는 일. 그런데도 지금 움직이지 않고 있다. 그날 입은 상처에서 회복되지 않았다고 하더라도 부하들을 움직여 나를 살펴보는 정도

는 하지 않을까 싶었는데…….'

그의 눈빛이 깊어졌다.

'CIA가 내 주변을 배회하고 있다는 걸 눈치챈 걸까? 역으로 꼬리가 잡힐 것을 우려한 때문이라고 봐야 하는 걸까? 이렇게 내가 공개적으로 움직이는데 모를 수는 없다. 그 정도로 바보라면 좋겠지만 가능성 없는 생각이야.'

타이요우는 탁월한 능력자들이었던 그의 형들을 죽음에 이르게 만들었던 강력한 조직이었다. 무능력자가 그런 조직의 전투 요원인 타이료오바타를 지휘한다는 건 망상이었다.

어렵지 않게 결론이 났다.

이혁은 미간을 찡그렸다.

'내가 그자를 너무 쉽게 본 것 같군. 머리가 좋고 신중한 자다. 그가 타이요우에서 어느 정도 위치에 있는 자인지 알 수 없지만 이런 스타일이 많다면… 타이요우… 쩝, 어려운 싸움이 되겠군.'

강수찬은 타이료오바타가 타이요우의 전투를 전담하는 무력 집단이라고 말했었다. 그 괴물들이 타이료오바타가 맞다면 갑하산에서 타이요우가 개입한 것이 된다.

머리가 좋을 뿐만 아니라 능력이 넘치는데 신중하기까지 한 적이라면 상대하기 까다로울 수밖에 없다.

정말 반갑지 않은 적이었다.

'그날 밤 그자가 둘만 데리고 온 건 자신감이 지나쳤거나, 내 능력을 오판했기 때문이었다고 봐야겠군.'

한숨이 절로 나왔다.

그런 자를 잡을 수 있었던, 다시 올지 모르는 기회가 날아갔다는 진한 아쉬움이 그의 마음을 채웠던 것이다.

'지금이라면 가능하겠지만, 그날은 내 능력이 미치지 못했다.'

갑하산에서 그는 지니고 있는 힘의 밑바닥까지 박박 긁어서 사용했다. 그럼에도 적을 보내줘야 했고, 등을 보여야 했다.

돌아가는 상황도 그의 편이 아니기는 했지만 그가 타이요우를 전멸시키지 못했던 근본적인 문제는 그의 역량이 모자랐기 때문이었다.

그건 인정하지 않을 수 없었다.

핸드폰을 호주머니에 집어넣은 이혁은 두 손으로 얼굴을 쓸어내렸다.

아쉬움이 멀어져 갔다.

'나를 다시 만나지 않기 위해 노력해야 될 거야. 그때는 살아서 돌아가지 못할 테니까.'

멍하니 운동장에서 축구를 하고 있는 학생들을 보며 생각에 잠겼던 그는 자신을 향해 걸어오는 기척을 느끼고 고개를 돌렸다.

언제 봐도 미남이라는 생각밖에 들지 않는 남학생이 그를 향해 똑바로 걸어오고 있었다. 그와 시선이 마주친 남영주가 싱긋 웃었다.

"그 근육질 몸으로 벤치에서 요양하고 있는 거냐?"

이혁의 눈썹이 꿈틀거리며 끝이 위로 말려 올라갔다. 그가 퉁명스럽게 말을 받았다.

"요양시켜 줄까?"

남영주가 크게 웃으며 손사래를 쳤다.

"하하하, 무슨 그런 끔찍한 말을! 마음은 고맙지만 절대 사양이야."

이혁의 옆자리에 털썩 엉덩이를 붙인 그가 말을 이었다.

"너, 진짜 아팠던 거 아니지?"

"아팠다."

이혁은 심드렁하게 대답하며 편안한 자세로 다리를 쭉

폈다.

남영주는 이혁을 아래위로 훑어보며 피식 웃었다.

명백한 비웃음이었다.

"훗, 믿을 말을 해라. 그 몸에 심장에 이상이 있다고 하면 누가 믿겠냐?"

"채현이는 믿던데?"

이혁의 반문에 남영주는 인상을 쓰며 말을 받았다.

"그 녀석은 너무 순진해서 그렇고."

이혁은 노골적으로 귀찮다는 얼굴로 입을 열었다.

"쓸데없는 소리 하려면 들어가서 공부나 하지? 고3이 점심시간이라고 운동장에 나와 노닥거려도 되는 거냐?"

"걱정해 줘서 고맙다. 역시 내 후배라니까."

이번에는 이혁이 인상을 썼다.

"헛소리 계속하면 내가 일어날 거다. 왜 왔어?"

"뭐… 우리가 특별한 일이 있어야만 만날 사이냐?"

"특별한 일이 있어도 별로 보고 싶은 얼굴은 아닌데? 난 남자 별로라니까."

이혁의 말에 남영주는 어깨를 으쓱하며 웃었다.

"그놈의 남자… 카사노바 네가 해라, 자식아."

이혁은 풀썩 웃고 말았다.

이 정도 했으면 짜증을 낼 법도 한데 남영주는 무던하게 말을 받아주고 있었다. 상대는 진심인데 계속 귀찮아하는 것도 어려운 일이었다.

남영주도 같이 웃으며 말했다.

"그냥 네가 학교로 돌아온 게 반가워서 보러 온 것일 뿐이야. 다른 일은 없어."

이혁이 웃으며 말을 받았다.

"하긴 고맙기도 하겠다. 내가 돌아오지 않았으면 네가 상우 기저귀를 계속 갈아주면서 바람막이 역할도 했어야 할 테니까."

남영주가 혀를 찼다.

"뭐… 인정하지 않을 수 없는 말이긴 하다만 참 한대 때려주고 싶게 말을 하는군."

"ㅎㅎㅎ."

이혁의 입에서 낮은 웃음소리가 났다.

"언제 들어도 악당스럽다, 네 웃음소리는."

"ㅎㅎㅎ."

이혁은 다시 낮게 웃었다.

그때 호주머니에 넣은 핸드폰이 다시 진동을 했다.

지잉- 지잉-

핸드폰을 꺼내어 액정에 찍힌 전화번호를 본 그는 미간을 찌푸렸다.

처음 보는 번호였다.

그의 전화번호를 아는 사람은 많지 않았다. 하숙집 사람들을 제외하면 학생 중에서도 남영주와 이상우 정도가 전부였고, 지금 전화한 사람은 그들 중 어느 누구도 아니었다.

받을지 말지 잠시 고민하던 그는 수신 버튼을 눌렀다.

최근 돌아가는 상황은 어느 것 하나라도 놓칠 수 없을 만큼 변화가 심하다. 그리고 그를 찾을 사람들 또한 범상한 사람이 하나도 없다. 모르는 번호라고 무시하고 받지 않을 수는 없었다.

[여보세요. 이혁 씨죠?]

어딘지 약간 딱딱한 느낌이 드는 맑은 여자 목소리가 들려왔다.

이혁의 눈이 가늘어졌다.

목소리가 낯설지 않았다. 그건 그가 아는 사람이라는 뜻이었다. 하지만 목소리의 주인이 누구인지 생각이 나지 않았다.

그가 알긴 하지만 가깝지는 않은 사람…….

그가 대답했다.

"예, 접니다만 누구시죠?"

[갑하산에서 수하와 같이 있던 사람이에요.]

이혁의 안색이 굳어졌다.

상대의 한마디에 그녀가 누군지 바로 생각이 났다.

그녀의 말이 이어졌다.

[만나고 싶은데 시간 내주실 수 있나요?]

이혁은 잠시 말을 하지 않았다.

남영주가 눈에 호기심을 가득 담고 그를 보고 있었다.

그가 말했다.

"저도 만나고 싶었던 참입니다. 언제 볼까요?"

[돌아가는 상황이 심상치 않아서 지금 만나고 싶은데 가능한가요?]

"좋습니다. 30분 뒤에 만나죠."

약속 장소를 정한 그는 전화를 끊었다.

"누구냐?"

"여자 사람."

이혁이 대답할 생각이 없다는 걸 안 남영주가 투덜거

리며 말했다.

"쳇, 그걸 농담이라고 하는 거냐? 비밀 많은 놈 같으니라고."

"오늘은 이대로 가봐야 할 것 같다. 담임선생님한테는 네가 알아서 말해주라."

"야……."

뭐라고 한마디를 하려다가 이혁을 본 남영주가 입을 다물었다.

이혁의 눈빛이 무겁게 변해 있었다.

남영주는 더 이상의 군소리 없이 고개를 끄덕였다.

"알았다. 내가 도와 줄은 일 없냐?"

"없어."

남영주가 인상을 썼다.

"매몰찬 놈."

이혁은 쓰게 웃으며 운동장으로 시선을 돌렸다. 대다수가 남학생이었지만 구석진 곳에는 옹기종기 모여 있는 여학생 무리도 보였다.

모두가 그 또래였다. 하지만 그들은 그와는 완전히 다른 날들을 살고 있는, 한 하늘 밑에서 같은 공기를 마시고 있지만 속한 세계가 다른 사람들이었다.

그들을 보는 이혁의 눈빛이 부드러워졌다.

'아마도… 스승님을 만났을 때부터 어긋났던 거 같다……. 후회는 없지만 조금… 부럽기는 하구만…….'

남영주가 불쑥 말했다.

"그 눈빛 뭐냐? 좀 느끼하고 뭔가 닭살이 돋는데?"

말을 하며 그는 팔뚝을 긁어댔다.

이혁이 인상을 쓰며 주먹을 들어 올렸다.

"분위기 파악하는 거 하고는! 꺼져, 자식아!"

뛰듯이 일어나 거리를 벌린 남영주가 크게 웃었다.

"하하하, 어쨌든 건강해 보이니 다행이다. 자주 보자!"

과장된 그의 웃음과 몸짓에서 이혁은 무거워진 자신의 기분을 풀어주려는 남영주의 노력을 읽었다. 그래서 더 단호하게 대답했다.

"싫어!"

남영주는 신경도 쓰지 않는 기색으로 멋지게 윙크를 한 번 날려주고는 호주머니에 손을 집어넣더니 휘파람을 불며 멀어져 갔다.

근처에 있던 여학생들의 시선이 자석에 달라붙는 쇠붙이처럼 그의 옆모습에 꽂혔다. 때마침 바람도 불어와

학생 같지 않게 긴 그의 머리를 가볍게 흔들며 지나갔다.

그를 보던 여학생들의 눈이 하트 모양으로 변하는 데는 0.1초도 걸리지 않았다.

이혁은 속으로 혀를 찼다.

'생긴 거 하나는 인정할 수밖에 없다니까.'

그는 자리에서 일어났다.

윤성희와의 약속 장소는 학교에서 두 정거장 떨어진 곳에 있는 골목 안쪽의 오래된 기원이었다. 기원은 3층에 있었는데 허름한데다가 사람도 보이지 않아 폐가를 연상시켰다. 커튼이라도 쳤는지 창 안의 모습도 볼 수 없었고.

기원의 문을 열고 들어선 이혁은 내부에 불이 환하게 켜져 있는 것을 볼 수 있었다. 창에는 커튼이 쳐져 있지 않았다. 대신 검고 두터운 마분지 같은 것이 발라져 있었다.

자리에 앉아 있던 윤성희가 일어나 그를 맞았다.

"어서 오세요, 이혁 씨."

윤성희에게 시선이 닿았던 이혁이 그 옆을 바라보았다.

윤석구가 일어나 손을 내밀며 말했다.

"반갑네. 국정원 2차장 윤석구라고 하네. 자네 이야기는 이 친구한테서 많이 들었네."

생각지도 못한 거물의 등장에 이혁은 미간을 좁혔다. 그는 힐끗 윤성희를 보고는 입을 열었다. 어쨌든 상대가 먼저 인사를 하니 받아주기는 해야 했다.

"이혁이라고 합니다."

"불청객이 있어 놀랐을 테지만 이해해 주게. 내가 이곳에 왔다는 건 원장님 한 분과 이 친구만 아는 극비사항이라 자네에게도 이야기 못하게 했네."

점입가경이었다.

국정원 2차장도 거물인데 말하는 투로 봐서는 국정원장의 지시에 따른 듯했다. 가볍게 여기는 건 애초에 불가능한 만남이었다.

이혁의 얼굴이 무표정해섰다.

이혁은 속을 알 수 없는 윤석구의 눈빛이 별로 마음에 들지 않았다. 그의 경험상 저런 류의 눈을 가진 사람은 상대하기가 상당히 까다로웠기 때문이다.

윤석구가 입가에 미소를 지으며 입을 열었다.

"난 돌려 말하는 걸 좋아하지 않네. 알아보니까 자네

성격도 나와 비슷한 듯하더구만. 서로 하고 싶은 말을 솔직하게 하는 게 어떨까 싶네만. 자네 의향은 어떤가?"

이혁은 이제 윤석구의 말하는 스타일까지 마음에 들지 않았다.

입가에 미소를 지으면 뭐 할까, 눈이 웃지 않고 있는데.

마음에 들지는 않았지만 그래도 그는 예의를 지켰다. 국정원 2차장을 그 또래의 건들거리는 녀석들 대하듯 한 대 쥐어박으며 대화를 시작할 수는 없는 노릇이었으니까.

이혁은 윤석구의 질문에 대답을 하기 전에 자신의 마음을 한 번 돌아보았다.

예상 밖 인물의 등장에 자신의 심사가 꽤나 뒤틀려 있다는 것을 알 수 있었다. 그래서 윤석구가 무얼 하든 마음에 들지 않는 것이다.

하지만 그도 자신의 이런 마음 상태가 정확한 상황 파악에 별로 도움이 되지 않는다는 걸 잘 알고 있었다.

그는 드러나지 않게 숨을 천천히 들이마셨다.

꼬였던 마음의 선이 느릿하게 풀어지며 평정이 찾아들었다.

그가 대답했다.

"솔직하게라… 좋습니다. 머리가 좋은 편이 아니어서 돌려 말하시면 제가 알아듣지 못할 겁니다."

"하하하, 농담도 할 줄 아는 청년이구만."

윤석구는 유쾌하게 웃으며 말을 이었다.

"일단 먼저 짚고 넘어가야 할 게 있네. 자네가 무역전시관과 갑하산의 그 복면을 했던 친구가 맞나?"

이혁은 윤성희를 힐끗 보았다.

그의 시선을 받은 윤성희가 어색하게 웃는 것이 보였다.

이혁은 시선을 윤석구에게 돌렸다.

윤성희가 이미 자신과 관련된 모든 것을 보고했을 것이다. 그러니까 이런 자리가 마련되었을 것이고.

그렇게 생각하고 있는 이혁에게 윤석구의 질문은 뜬금없었지만, 이 질문으로 이혁은 윤석구가 어떤 성격인지 확실하게 알 수 있었다.

'돌다리도 두들겨 보고 건너겠다는 건가? 누가 공무원 아니랄까 봐.'

이혁은 선선히 고개를 끄덕였다.

"맞습니다."

"생긴 것만큼이나 시원시원하구만."

이혁의 대답이 마음에 든 윤석구가 고개를 끄덕이며 말을 이었다.

"영상에서 자네가 보여준 능력은 상상 속에서나 가능할 법한 종류의 것들이었네. 보통 사람의 신체 조건으로는 구현이 불가능한 그런 종류였지. 이 나라의 모든 정보가 모인다는 곳에 근무하는 나도 그런 것을 가르치는 유파가 현대에 존재한다는 얘기는 들어본 적이 없었네. 자네를 ESP(ExtraSensory Perception:초감각적 지각) 능력자로 봐야 하는 건가? 아니면 소설 속에서나 나오는 고대 무예의 전승자로 봐야 하는 건가?"

이혁은 쓰게 웃었다.

그가 말했다.

"둘을 어떻게 나누는 건지 궁금하긴 합니다만, 지금 그게 중요한 건 아닐 거고… 상식선에서 말씀드린다면 후자에 속할 겁니다."

그의 말에서 풍기는 뉘앙스를 짐작한 윤석구가 물었다.

"둘이 다르지 않다는 건가?"

이혁은 고개를 끄덕였다.

"고대 동양 무예에서는 둘을 하나로 보았다는 걸 아십니까? 옛 분들은 지금 세상에서 말하는 초능력과 고대 무예를 분리해서 생각하지 않았습니다."

윤석구의 입이 저절로 벌어졌다.

자신의 실책을 깨달은 그가 급히 입을 다물었다가 떼며 다시 물었다.

"자네가 익힌 것을 배운다면 초능력자와 같은 능력을 발휘할 수 있다고… 자네 지금 그렇게 말하고 있다는 걸 알고 있는 건가?"

"제 머리가 그리 좋은 편은 아닙니다만, 제가 하는 말이 무슨 뜻인지 모를 정도로 어리석지는 않습니다."

윤석구는 평정을 유지하려 애를 썼다. 그러나 흥분으로 인해 얼굴이 붉게 달아오르는 걸 막지는 못했다.

누구나 배워서 이혁과 같은 능력을 발휘할 수 있다면… 그런 능력자로 일개 중대 정도만 꾸릴 수 있어도 어지간한 나라 하나 뒤집어엎는 건 일도 아닐 것이다.

"자네가 익힌 것이 고대의 무예라면… 어느 유파인지 말해줄 수 있나?"

이혁은 고개를 저었다.

"말씀드릴 수 없습니다."

"아쉽구만."

혀를 찬 윤석구가 말처럼 아쉬움이 가득 담긴 눈으로 이혁을 보았다.

속을 알 수 없던 그의 눈에 복잡한 기색이 떠올라 있었다.

이혁은 윤석구의 눈을 피하지 않으며 말했다.

"무슨 생각 하시는지 대충 짐작이 갑니다만, 그런 바람은 빨리 잊으시는 게 좋습니다. 저 하나도 제어하지 못하는 게 현실이잖습니까? 저 같은 사람의 숫자가 늘어났을 때 그들을 통제할 수 있다고 자신하십니까?"

그의 어조가 강해졌다.

"그러지 못한다면 그들의 힘을 원하는 곳에 사용하기 전에 먼저 나라가 망할 겁니다. 손만 내밀면 부귀영화를 누릴 수 있었는데도 능력을 가졌던 옛 분들이 국가권력과 거리를 둔 것에는 그만한 이유가 있었습니다."

"험험······."

윤석구는 헛기침을 했다.

이혁의 말이 옳았다.

통제하지 못하는 강력한 힘은 감당할 수 없는 사태를

불러올 가능성이 컸다.

모든 능력자가 이혁처럼 외부에 힘을 드러내는 걸 꺼리는 스타일이라면 다행이겠지만 반대라면 후폭풍이 허리케인 급이 될 수도 있었다.

윤석구는 내심 침을 삼켰다.

위험하지만 너무도 유혹적인 힘이었다.

'연구를 하면 방법이 있겠지.'

이 나라를 강하게 만들 수 있다면 그는 무엇이든 할 각오가 되어 있는 사람이었다.

윤석구는 표정을 가다듬었다.

이혁의 말 한마디에 가능성을 포기할 정도로 그는 녹록한 성격이 아니었다. 하지만 지금 자신의 속내를 굳이 드러낼 필요는 없었다.

이혁이 가진 능력의 근원은 꼭 확인하고자 했던 사항이긴 했다. 그러나 그것이 그를 만나고자 한 주된 이유는 아니었다.

이혁이 무표정한 얼굴로 물었다.

"오늘 저를 만나고자 하신 건 다른 이유 때문인 것 같은데, 화제를 바꾸시는 게 어떨까 싶습니다만?"

갑작스런 흥분으로 인해 대화의 주도권이 이혁에게 넘

어갔다는 걸 느낀 윤석구는 살짝 눈살을 찌푸리며 고개를 끄덕였다.

'나답지 않게 실수했구만······.'

그가 말했다.

"전시관과 갑하산에 나타난 조직들의 대부분이 지금까지 우리의 정보망에 잡히지 않았던 자들이었다네. 그런데 자네는 그들과 싸웠고, 쓰러뜨리기까지 했지."

잠시 말을 멈춘 그는 윤성희를 한 번 돌아보고 말을 이었다.

"그들이 보인 능력은 대단히 무서운 것이었네. 이 나라의 안보를 책임지고 있는 우리가 그들을 모르고 있었다는 게 소름 끼칠 정도로 말일세."

그의 시선이 다시 이혁을 향했다.

"그런 그들과 싸웠던 자네가 아닌가. 자네는 분명 그들에 대해 우리보다 더 많은 것을 알고 있을 거라고 생각하네. 그것을 듣고 싶어 이 자리를 마련했네. 얘기해 주겠는가?"

이혁은 묵묵히 윤석구를 보며 생각에 잠겼다.

이 자리는 윤성희 때문에 만들어졌다.

이혁이 윤성희의 제안을 받아들인 건 그녀가 이수하의

지인이었기 때문이다.

이수하가 함께 다니는 사람이라면 믿을 수 있다고 생각했던 것이다. 하지만 그 믿음이 큰 건 아니었다.

개인적으로 윤성희를 만난 적이 없는 그였다. 당연히 그녀에 대한 그의 믿음은 그리 깊지 않았다.

하지만 신뢰는 할 수 없어도 윤석구와 윤성희가 그에게 적대적이지 않다는 건 확실했다. 적의를 갖고 있었다면 이런 자리를 만들기 전에 그를 잡으려고 했을 테니까.

그가 입을 열었다.

"제가 얘기를 하는 건 어려운 일이 아닙니다. 하지만 얘기하기 전에 알아야 할 게 있습니다."

"그게 뭔가?"

"지금부터 제가 할 얘기를 듣게 되면 돌아갈 수가 없게 됩니다. 앞으로 갈 수밖에 없고, 그러다가 어떤 성과를 보기도 전에 살해당할 확률이 백퍼센트에 가깝습니다. 그래도 듣고 싶습니까?"

윤석구와 윤성희의 얼굴이 무겁게 굳었다.

그들은 이혁이 공연히 겁을 주는 것이 아니라는 걸 알고 있었다. 그러기에는 전시관과 갑하산에서 그가 상대했던 자들이 너무 강력했다.

윤석구는 담담한 얼굴로 대답했다.

"나도 사람인데 죽을 확률이 백퍼센트라는 말을 듣고 무섭지 않을 리 있겠나. 하지만 자네 얘기는 꼭 들어야겠네."

"왜죠?"

"그들은 이 나라의 안보를 위협하고 있네."

말을 이으며 윤석구는 윤성희의 어깨에 손을 얹었다.

"나와 이 친구는 나라의 녹을 먹는 공무원일세. 죽을지도 모른다고 해서 통제할 수 없는 힘이 이 나라를 제 맘대로 헤집고 다니며 국기를 흔들고 민간인을 학살하는 걸 용납할 수는 없는 일이 아닌가."

이혁은 머릿속이 복잡해졌다.

강수찬과 장석주가 죽고 조직의 집행 파트가 갑하산에서 궤멸되면서 현재의 진혼은 와해 직전에 처해 있었다.

시은이 은둔하며 조직을 재건하고 있지만 이전과 같은 조직력을 갖추기 위해서는 몇 년이 걸릴지 알 수 없었다.

이런 지경에 처한 진혼이 태양회를 견제하는 건 당분간 불가능한 일이었다.

'형들에게 타격을 입었다 해도 태양회의 연구는 계속되고 있을 것이다. 나 혼자 그들을 상대하는 건 쉽지 않아. 누군가 내게 정보를 주어야 해. 얘기를 하면 제이슨과 미국이 도움을 주겠지. 그러나 그들은 믿을 수 없다. 그들에게 중요한 건 미국의 이익이지, 우리나라의 이익이 아니니까.'

그의 시선이 윤석구와 윤성희를 천천히 훑었다.

'이 사람들이 가진 힘은 내게 분명 필요하다. 하지만… 이 사람들을 끌어들이는 건… 죽을 각오가 되어 있다고 해도 정말 죽을 자리로 끌어들이는 건데… 그래도 되는 걸까……'

이혁은 평범하지 않았다.

또래의 남자가 경험하지 못했던 것들을 무수하게 겪으며 성장한 그였다.

어떻게 평범할 수 있을까.

그는 과단성도 있었고, 냉혹할 때는 무자비하다 싶을 정도의 모습도 종종 보였다. 그러나 그의 심장은 차갑지 않았다.

그의 주변에 있던 사람들 중 피까지 차가웠던 사람은 아무도 없었다. 성장 중인 이혁은 그들의 영향을 강하게 받았다.

 윤석구는 산전수전 공중전에 백병전까지 겪은 정보 분야의 베테랑이다. 그는 이혁이 무엇을 생각하고 있는지 알 수 있었다.

 이혁을 보는 그의 눈빛이 부드러워졌다.

 눈앞에 있는 청년은, 사람 같지 않은 능력과 다르게 심성은 아직 인간적이라는 생각이 그에게 묘한 안도감을 주었다.

 그가 한결 온화해진 말투로 입을 열었다.

 "우리 걱정은 하지 말게. 어떤 일이 벌어져도 결코 자네를 원망하는 일은 없을 걸세. 그리고 이 일은 자네 혼자 책임질 영역이 아니야. 그래서도 안 되고. 이 나라가 무정부 상태인가? 버젓이 정부가 있고, 그 녹을 먹는 백만 명의 공무원이 있네. 이 나라를 무법천지로 만들려는 자들은 백만 공무원의 적일세. 그러니까 자네는 혼자가 아니라네."

 윤석구는 혀로 입술을 축이며 말을 이었다.

 "그리고 자네가 우리를 돕는 것에 대해 기꺼이 대가를 지불할 걸세. 전시관과 갑하산의 일과 자네는 무관한 것이 될 것이고, 앞으로도 민간인에게 해를 끼치지 않는 한, 자네가 범죄자로 수배되는 일은 없을 걸세."

생각지 못했던 선물이었다.

윤석구가 말한 대로만 된다면 최소한 이 나라에서만큼은 그의 운신 폭이 대단히 넓어질 수 있었다.

이혁의 갈등에 종지부를 찍는 말이었다.

그가 입을 열었다.

"말씀드리죠. 그전에 한 가지 명심하셔야 할 게 있습니다."

"그게 뭔가?"

"제 얘기를 듣고 나면 주변의 누구도 믿어서는 안 됩니다. 국정원장이신 분까지도요. 아무리 가까운 사람이라도 가능한 모든 수단을 동원해서 시험을 하십시오. 그리고 신뢰할 수 있다고 최종적으로 판단될 때까지는 믿음을 유보해야 합니다."

* * *

"주인님의 결정이 필요한 일이 생겼습니다."

백금발 청년은 들고 있던 찻잔을 탁자에 올려놓았다.

테라스의 탁자 너머로 노을빛으로 물든 하늘이 펼쳐져

있었다.

그는 홍차와 함께 하루의 정리하고 있던 참이었다.

고개를 돌린 그의 눈에 허리를 숙인 사토가 들어왔다.

"무슨 일이냐?"

"한국 국정원 내부의 움직임이 심상치 않은 듯하다는 보고가 올라왔습니다."

"국정원?"

백금발 청년은 고개를 갸웃하며 되물었다.

"예."

"말해보거라."

"사소한 일이긴 합니다만, 전시관 사건 이후 국정원 2차장이 대전에서 공권력을 총지휘하고 있었던 걸 기억하시는지요?"

"음, 기억한다. 전에 네가 그런 보고를 한 적이 있었지."

백금발 청년은 고개를 끄덕였다.

사토는 빙긋 웃으며 말을 이었다.

"아무래도 국정원에서 전시관 복면인의 정체를 파악한 것 같습니다. 국정원의 2차장 윤석구라는 자가 그와 접촉한 것 같다는 보고입니다."

청년의 눈이 살짝 커졌다.

"국정원이 복면인과 접촉을? 그건 좀 뜻밖이로구나. 아직 너도 그자의 정체를 파악하지 못했다고 했던 거 같은데?"

"죄송합니다."

사토는 민망한 듯 고개를 숙였다.

"한국의 국정원이 그 정도로 능력이 있는 조직이었나?"

청년의 중얼거림을 듣는 사토의 눈에 희미한 살기가 떠올랐다. 대상은 물론, 한국 국정원의 누군지 알 수 없는 정보원이었다. 그자로 인해 그는 청년에게 실망을 안긴 것이다.

깊은 눈으로 잠시 천장을 올려다보던 청년이 사토에게 고개를 돌리며 물었다.

"강수찬의 은거지를 갖고 태양회에 들어간 아이는 안착했느냐?"

"예, 눈에 불을 켜고 찾던 강수찬을 제거할 수 있도록 도운 터라 태양회의 박 회장은 그 아이를 융숭하게 대접하고 있습니다. 아직 박 회장이 핵심 정보를 전해주고 있지는 않습니다만, 지금 상태로도 큰 도움이 되고 있는 게 사실입니다."

"내가 잠을 자는 동안 네가 애를 많이 쓴 건 안다. 그래도 한국을 등한시한 건 아쉽구나."

사토는 다시 고개를 숙였다.

"죄송합니다. 자기 비하와 동족 간 분열이 DNA에 각인된 민족이라 무의식중에 그들을 경시했던 것 같습니다. 제가 미숙했습니다, 주인님."

고개를 든 그가 말을 이었다.

"제가 한국에 갖고 있는 정보망은 질적으로는 태양회보다 낫지만, 양적으로는 비교할 수 없을 만큼 열악한 상태인 것이 현실입니다. 태양회에 사람을 심으라는 주인님의 판단은 탁월한 것이었습니다."

"내가 잠들어 있는 동안 면전에서 금칠하는 못된 습관이 생겼구나."

"사실이니까요."

백금발 청년은 빙긋 웃었다.

그는 사토가 아부하고 있는 것이 아니라는 걸 잘 알고 있었다. 진심으로 자신의 판단에 경외감을 느꼈기에 말을 한 것이다.

그가 사토에게 물었다.

"한국 내에서 태양회가 동원할 수 있는 실질적인 힘이 어느 정도인지는 파악되었느냐?"

"80퍼센트 정도 파악되었습니다."

"흠, 어느 정도이더냐?"

"그것만으로도 태양회는 한국 내에서 무소불위에 가까운 힘을 쓸 수 있는 것으로 보입니다. 그들은 정부와 군, 공안기관의 핵심 중추를 장악하고 있고, 재계의 손꼽히는 거물들도 회원입니다. 돈과 권력, 그리고 동원 가능한 무력까지 갖추고 있습니다."

청년은 쓰게 웃었다.

"대단하구나. 그 정도면 국가 운영이 그들의 뜻대로 이루어진다고 해도 과언이 아닌 듯한데?"

"그렇게 보아도 무방합니다. 서양의 다른 나라들도 여러 카르텔이 국가 운영에 개입하긴 하지만 저 나라처럼 하나의 카르텔이 이만큼 광범위한 영역을 장악한 나라는 없습니다."

"웃기는 나라로군. 뭐 상관없는 일이지."

피식 웃으며 중얼거린 청년이 연이어 물었다.

"마루타 연구에 대해서도 파악했느냐?"

"그건 시간이 좀 더 걸릴 것 같습니다. 마루타 연구에 대해서는 박 회장이 직접 챙기고 있고, 그에 대해 알고 있는 사람도 직계와 극소수의 수뇌부에 불과해서 접근하는 데 시간이 필요합니다."

백금발 청년은 고개를 끄덕였다.

"귀한 것을 얻기 위해서는 시간이 필요하긴 하지. 그래도 너무 오래 끌지는 않도록 하거라."

"예, 주인님."

"그건 그렇고……."

말끝을 흐리는 청년의 눈빛이 서늘해졌다.

"복면인의 정체가 궁금하긴 하다만 우선은 국정원과 그자의 관계를 끊어놓을 필요가 있을 듯하구나. 국정원이 돕는다면 우리가 그자를 손에 넣기가 더 어려워지지 않겠느냐."

"그자가 한국에 머물고 있는 상태에서 국정원이 그를 지원한다면… 국정원이 저와 태양회의 움직임에 현실적인 걸림돌이 될 가능성이 큽니다. 위협까지는 아니더라도 귀찮아지는 건 사실이지요."

"둘 사이에 연결된 선을 끊어라. 관련 가능성이 있는 모든 선이다."

"예, 주인님."

허리를 숙이며 짤막하게 대답한 사토는 척추를 꼿꼿하게 폈다.

그의 눈빛이 강해졌다.

대화는 끝났다.

행동할 일만이 남은 것이다.

*　　　*　　　*

타케시는 오른손에 든 리모컨의 버튼을 눌렀다. 그가 누워 있는 침대의 등받이가 소리 없이 일어나며 그를 앉은 자세로 만들어주었다.

"제시카."

침대 옆에서 타케시에게 물 잔을 건네던 제시카가 요염한 목소리로 대답했다.

"예, 보스."

"국정원이 CIA를 백업하고 있다고 한 그 말, 분명하게 확인된 사실이겠지?"

"물론이에요. 몇 번이나 확인했어요."

"특이하군……."

"뭐가 말인가요?"

"미국은 독점욕이 우주 최강이라고 할 만큼 강한 나라야. 그런 나라가 국정원이 자신들을 백업하도록 내버려 두고 있다는 건 이해하기 어려워. 한미동맹으로 묶여 있다고는 해도 목매는 건 한국이지, 미국이 아닌데, 이혁이라는 맛있는 먹잇감을 한국과 나누어 먹는 것처럼 보여. 그게 말이 된다고 생각해?"

제시카는 대답하지 않았다.

형태는 질문이었지만 타케시는 혼잣말을 하고 있었다. 대답을 필요로 하지 않는 것이다. 그리고 제시카는 아직까지 그의 질문을 만족시킬 만한 자료를 확보하지 못한 상태였다.

타케시가 말을 이었다.

"미국이 자발적으로 저렇게 나올 리는 없다. 그렇다면 답은… 이혁의 뜻이로군. 미국이 이혁의 행동을 따르는 모양새지만 그럴 리는 없고, 방관하고 있다고 보아야겠지. 이거 상황이 갈수록 재미있어지는군."

그가 제시카를 돌아보며 물었다.

"CIA와 국정원 외에 다른 자들의 움직임이 잡힌 거 있나?"

"없습니다."

제시카의 대답은 짧고 간단했다.

타케시는 고개를 끄덕였다.

"지금 움직이면 자신을 드러낼 수밖에 없다는 걸 알고 있겠지. 가볍게 볼 수 있는 놈이 하나도 없는 형세로군."

그의 말투에서 희미하게 짜증이 묻어났다.

그가 다시 물었다.

"이혁은?"

"대전을 벗어나고 있습니다."

"그래? 목적지가 어디지?"

"서울로 생각돼요. 그는 서울로 가는 직행버스를 탔거든요."

"서울? 갑자기 왜 그곳으로……?"

타케시는 눈살을 찌푸렸다.

이혁의 움직임은 예상 밖이었다.

지금 그를 둘러싸고 있는 주변 환경은 정말 녹록치 않아서 정상적인 사람이라면 은둔하며 상황 파악부터 해야 했다.

그런데 이혁은 자신을 드러냈을 뿐만 아니라 용담호혈이나 다를 바 없는 서울로 가고 있었다.

서울은 대전과 비할 수 없는 거대 도시였다. 규모와 인구도 그랬지만 그 속에서 움직이는 조직들의 능력 또한 대전과는 차원이 달랐다.

이혁은 호랑이 굴속으로 들어가고 있는 것이다.

타케시는 마음속에 일어나고 있는 의혹을 따라갔다.

깊은 사색에 잠겼던 그가 입을 연 건 십여 분이 지났을 때였다.

"제시카."

"예, 보스."

"아무래도 그는 태양회를 공격하려는 것 같다."

제시카의 눈이 동그랗게 변했다.

"예?"

"갑하산에 가기 전 그는 태룡의 서복만과 조정대를 제거했다. 서복만은 다이키 형님을 음으로 양으로 지원했던 자이고, 조정대는 태양회의 중간 간부였다. 만약 이혁이 그들을 제거하기 전에 태양회의 다른 간부에 대한 정보를 얻었다면?"

"아……!"

"갑하산에서 진혼의 주력은 장석주와 함께 궤멸되었다. 그리고 얼마 전에는 은둔하고 있던 강수찬도 태양회에 의해 제거되었지. 사실상 진혼은 와해되기 직전이라고 봐야 해."

맞은편 벽에 고정된 그의 눈이 강한 빛을 발했다.

"이혁이 장석주와 별도로 움직이던 걸로 봐서는 그가 진혼 소속은 아닌 것으로 판단된다. 하지만 그들의 관계가 평범하지 않다는 건 확실해. 장석주와 이혁은 교류를 계속했고, 진혼의 핵심 수뇌부 중 한 명인 그 여인이 이혁과 함께 있었으니까."

"그럼 이혁이 강수찬의 복수를 하려고 한다는 말씀이신가요?"

"그럴 수도 있지만, 그건 여러 이유 중 한 가지일 거다. 복수와 더불어 그는 태양회를 혼란시키려 할 거야."

타케시가 천재적으로 뛰어나서 빛이 나지 않을 뿐 제시카도 평범한 여인은 아니었다. 그렇지 않았다면 그의 비서 겸 참모 역할을 어떻게 감당하고 있겠는가.

그녀는 눈을 반짝이며 말했다.

"그는 진혼을 재건할 시간을 벌려는 거군요."

타케시는 고개를 끄덕였다.

"이혁과 같은 집에 살던 강시은이라는 그 여자. 새벽부터 종적이 묘연해졌다고 했었지?"

"예, 보스."

"그녀를 찾아라. 이혁이 그런 움직임을 보이는 걸 보면 그녀와 이혁의 관계가 단순할 리 없다. 그녀를 잡으면 이혁을 손에 넣을 수도 있어."

"알겠어요."

명료하게 대답한 제시카가 계속해서 물었다.

"그럼 이혁은 어떻게 할까요? 박 회장에게 그의 정체에 대한 정보를 넘길까요? 그래야 대비할 수 있을 텐데요."

"그럴 필요는 있지만 좀 더 지켜보도록. 태양회는 점조직이라 상부자를 알기 위해서는 단계를 밟아나갈 수밖에 없다. 이혁이 아무리 빨리 움직여도 한계가 있다는 말이지. 박 회장에게 그의 정체를 알릴 적절한 타이밍이 필요해. 그래야 박 회장이 숨겨놓은 패를 꺼낼 거다."

그의 입가에 묘한 미소가 떠올랐다.

그가 말을 이었다.

"준비를 철저하게 하면 이혁이 피해를 많이 입히지 못할 것이고, 그러면 박 회장은 위기라고 느끼지 않을 거다. 그렇게 할 수는 없지."

그의 시선이 제시카를 향했다.

"이혁을 보는 눈이 우리만 있는 것도 아니고. 이혁 덕분에 그자를 끌어낼 기회를 잡을 수도 있지 않을까 하는 생각이 든다, 제시카."

타케시가 무엇을 원하는지 감지한 제시카의 입가에 미소가 떠올랐다.

"그렇게 조치할게요, 보스."

타케시는 리모컨의 버튼을 눌렀다.

45도 각도로 올라와 있던 침대의 매트리스가 소리 없이 내려갔다.

그는 눈을 감았다.

* * *

'그'는 느릿한 걸음으로 대전 시외버스 터미널을 나섰다.

이혁은 서울행 직행버스를 타고 떠났다.

그는 어눌한 얼굴로 사방을 돌아보았다. 오가는 사람이 많았지만 평범하기 그지없는 그에게 시선을 주는 사람은 한 명도 보이지 않았다.

그는 버스 터미널 입구 근처의 계단에 앉았다.

힘겨운 동작이라 지나가던 중년 여인이 안쓰럽다는 얼굴로 그를 보긴 했지만 그녀의 관심은 오래 가지 않았다.

그는 대합실의 자판기에서 산 캔 커피의 마개를 땄다.
싸구려 커피향이 코끝을 간질였다.

그는 블렌딩이 잘된 최고급 커피보다 이 싸구려 캔 커피를 좋아했다. 설탕으로 버무린 듯 달달한 맛이 입에 맞았기 때문이다.

'저 녀석을 계속 지켜보아도 이종룡과 정문호는 보이지 않는다. 죽은 걸까? 그럴지도 모르지. 하지만 시신을 확인하기 전까지 마음을 놓아서는 안 돼. 암왕사신류는 죽음조차도 비웃는 유파니까. 아무튼 성과가 전혀 없는 건 아니야.'

다물어졌던 입술이 살짝 벌어지며 하얀 치열이 살짝 드러났다.

그는 웃고 있었다.

'그동안 종적을 찾기 힘들었던 놈들이 하나둘 나타나고 있으니까. 지켜보는 재미가 있는 녀석이야, 후후후.'

커피를 다 마신 그는 캔을 옆에 놓고 천천히 일어났다.

'그렇게 계속 난장을 치거라. 네가 그렇게 하면 내가 원하는 것을 얻을 수 있는 시간이 빨라질 테니까. 그나저나

나도 서울에 가야겠구나. 저 녀석 덕분에 그 아이도 보겠군.'

그의 외모는 흔히 볼 수 있는 평범한 것이어서 아무도 그를 눈여겨보지 않았지만, 그를 주목한 사람이 있다면 그의 걸음이 외모와 달리 평범하지 않다는 걸 알 수 있었으리라.

그가 지나간 자리엔 흙먼지가 많았다. 그러나 그의 발자국은 전혀 흔적이 남지 않았던 것이다.

〈『켈베로스』 제8권에서 계속〉

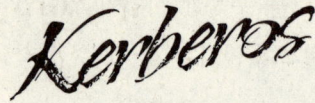

1판 1쇄 찍음 2014년 10월 28일
1판 1쇄 펴냄 2014년 10월 31일

지은이 | 임준후
펴낸이 | 정 필
펴낸곳 | 도서출판 뿔미디어

편집장 | 이재권
기획·편집 | 윤영상

출판등록 | 2002년 9월 11일 (제1081-1-132호)
주소 | 경기도 부천시 원미구 상동로 117번길 49(상동) 503호 (우)420-861
전화 | 032)651-6513 / 팩스 032)651-6094
E-mail | bbulmedia@hanmail.net
홈페이지 | http://bbulmedia.com

값 8,000원

ISBN 979-11-315-3664-3 04810
ISBN 979-11-315-1140-4 04810 (세트)

※파본은 구입하신 서점에서 교환하여 드립니다.

※이 책은 (도)뿔미디어를 통해 독점 계약되었습니다.
저작권법에 의해 보호를 받는 저작물이므로 무단 전재와 무단 복제를 엄금합니다.

http://www.bbulmedia.com

http://www.bbulmedia.com